아들에게
카페를 하자고 했다

아들에게 카페를 하자고 했다

초 판 1쇄 2025년 03월 28일

지은이 송미숙, 정재석
펴낸이 류종렬

펴낸곳 미다스북스
본부장 임종익
편집장 이다경, 김가영
디자인 윤가희, 임인영
책임진행 김은진, 이예나, 김요섭, 안채원, 장민주
표지 일러스트 카콜

등록 2001년 3월 21일 제2001-000040호
주소 서울시 마포구 양화로 133 서교타워 711호
전화 02) 322-7802~3
팩스 02) 6007-1845
블로그 http://blog.naver.com/midasbooks
전자주소 midasbooks@hanmail.net
페이스북 https://www.facebook.com/midasbooks425
인스타그램 https://www.instagram.com/midasbooks

ISBN 979-11-7355-174-1 03810

값 19,000원

미다스북스는 다음세대에게 필요한 지혜와 교양을 생각합니다.

아들에게
카페를 하자고 했다
I asked my son
to make me
a café

송미숙 · 정재석 지음

미다스북스

코로나바이러스가 온 세상을 뒤덮기 3개월 전, 2019년 가을이었다. 서울에서 일을 보고 있는데 엄마에게 연락이 왔다. 해미에 작은 땅을 하나 샀다고. 나는 엄마가 땅을 샀다는 소식보다 더 궁금한 게 있었다. '해미가 어디야?'

평생을 오갔던 서산 외가에서 차로 20분 거리, 해미읍성과 해미국제성지로 더 유명한 작은 관광지 마을이지만 '왜 나는 처음 듣지?'라는 생각부터 머리를 스쳤다. '내가 처음 들을 정도면 엄마가 이상한 데 땅을 산 거 아니야?'라는 생각이 뒤따랐다.

몇 주 뒤, 난생처음 방문한 해미는 생각보다 활기찼고, 여러 매체를 통해 소개되었던 읍성 앞 식당들은 사람이 가득 차다 못해 줄이 길게 늘어져 있었다. 엄마가 샀다는 땅은 큰 길가에 있는 것도 아니었고, 그 땅 위에 지어져 있는 한옥도 내 눈에는 볼품없었지만 어쩌면 보자마자 알았던 것 같다. '어, 잘하면 근사한 걸 만들어 볼 수 있을 거 같은데?' 엄마에게 말하진 않았지만, 그날 서울 올라가는 길에 나는 이미 공간 이름까지 생각해 두고 있었다.

'그럼 네가 카페 한번 만들어 볼래?'

사실 가족이랑 일하면 득보다 실이 더 많고, 마주 보고 웃을 날보다 아웅다웅할 날이 더 많을 거라는 것도 익히 들어 알았다. 심지어 엄마와 내 관계가 그랬다. 서로를 누구보다 더 생각하지만, 표현은 삐뚤삐뚤하며, 모자의 너무나도 비슷한 성격이 오히려 서로의 화를 돋울 거라는 것을. 고민하는 사이 찾아온 바이러스는 그런 우리 모두의 일상을 멈추게 했다.

어찌 보면 운명과도 같았다. 그래 이참에 나도 효도 한번 하고, 내가 어떻게 바꿔 놓을 수 있는지도 엄마에게 보여주자. 그렇게 100평 남짓한 땅 위에 서 있던 허름한 30평 한옥을 뜯고 고쳐서 진저보이 해미를 만들었다.

원래 계획은, 젊은 친구들을 잘 교육시킨 후 카페를 대신 운영하게 하고, 엄마는 오며 가며 느긋하게 커피나 즐길 수 있게 하려고 했었다. 사람 일이란 게 한 치 앞도 알 수 없듯, 잠깐 눈을 감고 뜨니까 어느새 커피 머신 앞에는 젊은 직원들 대신 엄마가 서 있었다. 그리고 3년이 지났다.

목
차

진저보이에서의   겨울

"커피를 즐기지도 않는데
카페 사장이라니."

2023년 1월 14일 토요일, 엄마

진저보이의 겨울엔, 해야 할 일이 다른 계절보다 더
많다.

단열이 부실한 한옥인 진저보이는, 내외부 온도가 거
의 비슷하다. 매일 날씨 예보를 점검한 후 퇴근 전 수도
꼭지의 물을 흐르게 하여 얼지 않게 해야 하고, 수도 계
량기가 동파되지 않도록 두꺼운 이불을 씌워 둔다. 밤
새 쌓인 눈을 치워야 하므로 눈 치우는 삽과 빗자루, 두

꺼운 장갑도 챙겨 둬야 한다. 토요일이지만 영업을 하기 위해서만은 아니다. 기와 위로 밤새 쌓인 눈을 점검해야 하고 또 영하 날씨로 실내 온도가 매우 낮아져 있기 때문에, 머신 등 기계의 상태를 확인해야 해서 출근을 서두른다.

앞이 보이지 않을 만큼 어마어마하게 내리는 눈을 뚫고 카페에 도착하자마자, 난방기와 히터를 틀어 놓는다. 장갑을 끼고 눈부터 치우지만 아무리 치워도 감당할 수조차 없을 정도로 많이 내린다. 마당과 앞뒤 양쪽 출입구의 눈을 한쪽으로 치운 후, 야외 테이블을 세팅하고 미끄럼 주의 표지판을 곳곳에 세워 둔다. 눈은 주차장에도 발목까지 빠질 정도로 쌓였고, 진저보이 주변은 온통 하얀 눈으로 뒤덮여 오히려 포근하게 느껴지기도 한다. 주말임에도 오늘 같은 날은 손님이 올 것 같지 않지만, 이왕 출근했으니 오픈 준비를 해본다. 눈 쌓인 마당은 정감 있고 운치도 있어서, 커피 한잔을 하며 기와지붕 끝에 매달린 고드름과 마당에 쌓인 눈을 보러 오는 손님들이 종종 있다.

눈을 어느 정도 치우자마자 손님들이 들어오신다. 출근할 때만 해도 아파트 주변은 물론이고 큰길에 차 한 대 없을 정도로 한산했는데, 눈길을 뚫고 찾아 주시는 손님들이 더 반갑고 고맙기까지 하다. 오늘 같은 날은 따뜻한 블랙커피와 진저레몬티를 많이 찾으신다. 이런 날에는 직원과 둘이 온종일 청소를 해야 한다. 읍성을 산책하고 온 손님들이 조금만 걸어 다녀도 카페 내부는 온통 젖은 모래와 잔디로 뒤덮이기 때문이다. 새로운 손님이 들어오셨을 때 바닥이 지저분한 걸 보여 드릴 수 없어, 계시던 손님이 나가실 때마다 쓸고 닦는다.

2023년 1월 19일 목요일, 엄마

오전에 손님이 한 팀도 들어오지 않는다. 근처에 지나가는 사람조차 보이지 않는다. 1월은 1년 중 가장 매출이 저조한 비수기다.

눈이 녹았다가 다시 얼기를 반복하며 온통 빙판길이 되었다. 어린이집과 각 학교의 방학으로 자녀가 집에 있기도 하고, 뉴스를 보면 연일 기준금리를 올리고 있어서 경제적으로도 위축되어 사람들이 외부 활동을 줄이고 있는 것 같다. 특히 명절 일주일 전부터 매출이 급격히 줄어든다. 1월은 난방비, 인건비 등 지출이 매출보다 더 많아 문을 닫고 싶은 마음이 생기는 달이기도 하다.

하지만 날씨와 상관없이 영하의 날씨에 눈길, 빙판길도 마다치 않고 우리의 커피를 마시기 위해 찾아 주시는 단 한 분이라도 헛걸음이 되지 않도록 오늘도 영업해야 한다. 난방기 온도를 올려도 홀 온도는 잘 올라가지 않는다. 다행히 한옥의 진저보이는 동남향이라 아침부터 정오 넘어서까지 햇볕이 들어 따뜻해진다.

점심이 되어도 손님은 두 팀만 자리를 채우고 있다. 오후 되어 서너 팀의 손님이 오시고 오늘 매출은 끝이다. 날씨가 좋으면 손님이 많을 것이라는 믿음이 있지만, 오늘 같은 날을 실제로 마주하게 되면 마음의 여유가 없어지기도 한다. 겨울에는 5시만 되어도 어두워져서 오늘은 일찍 마감한다.

2023년 1월 22일 일요일, 엄마

설과 추석 명절은, 성수기라고 할 수 있는 4월을 제외하고 한 해 중 가장 매출이 잘 나오는 시기다.

적게는 3일에서 많게는 5일까지 이어진 연휴 내내 많은 분이 찾아주기 때문에, 진저보이를 시작하고 명절에 한 번도 쉬어 본 적 없다. 추석에는 직원 2명을 한 번에 불러 총 3명이 운영해도 부족할 정도지만, 설에는 추운 날씨로 마당에는 앉을 수 없어서 수용할 수 있는 인원에 한계가 있다.

본가에 명절을 지내러 내려온 분들부터, 가까운 서울 및 수도권에서 당일로 여행을 온 분들까지 문을 연 10시부터 끊임없이 들어오신다. 명절 오전에서 점심나절까지는 대가족 손님들이, 오후가 되면 연인들과 친구들

모임으로 발 디딜 틈이 없다.

설날 받은 세뱃돈을 쓰려는 손님들로 뜻밖에 현금 결제가 많은 날이어서 잔돈을 충분히 준비해 두어야 한다. 명절 연휴의 또 하나의 특징은 마음껏 주문한다는 것이다. 가족과 함께 풍족한 마음으로 오셔서 그런가, 10명이 오시면 1인당 한잔이 아니라 15잔까지도 주문하는 때도 있고, 10잔 이상의 테이크아웃 손님도 많아서 커피 바는 종일 바쁘게 돌아간다.

2023년 1월 30일 월요일, 엄마

느긋하게 시작하는 월요일이다. 12시도 훨씬 넘어서 첫 손님이 들어오신다. 오늘은 컨디션이 좋지 않아 목소리도 잠겨서, 손님이 오지 않는 것이 다행스럽기까지 하다.

그런데 12시 30분쯤부터 단체처럼 보이는 손님들이

갑자기 20~30명이나 들이닥쳤다. 알고 보니 단체 손님은 아니었고, 여섯 일곱 팀의 손님이 한꺼번에 들어오는 것이었다. 카페는 활기를 띠었고 동시에 실내에는 손님들이 가득 찼다. 주문서도 길어지기 시작한다. 들어온 주문을 쳐내는 와중에도 손님은 계속 들어오고 자리가 나기를 기다리는 손님들이 서 계신다.

영하로 떨어진 날씨에 바람까지 강하게 불어서, 마당에 앉을 수 있는 상황이 아닌데 마당에 자리를 잡는 손님도 계신다. 다른 날은 자리가 없거나 자리가 있어도 사람이 많으면 그냥 돌아가기도 하는데, 오늘은 손님들끼리 자리를 나누어 앉기도 하고 3인석에 5명이 앉기도 하는 이상한 풍경이다. 심지어 군인들, 직장인, 학교 직원들 등 단골은 한 팀도 없이 모두 처음 오시는 분들이다.

수원에서 해미로 나들이 왔다가 진저보이의 크림커피를 드시고 매료되어 가끔 오시는 손님까지 오셔서 마당에 자리를 잡는다. 다른 일정으로 와서 들른 것이 아니라, 일부러 우리 크림커피를 드시기 위해 오신 분이라 더 감사하고 죄송한 마음이 들었다. 오후 3시 가까이 피크를 마치고 직원과 늦은 점심을 먹는다.

진저보이는 100평 정도 되는 땅에, 20평 조금 넘는 실내의 한옥 건물과 아담한 마당이 있다. 실내는 전체 공간에 비해 넓은 공간을 차지하고 있는 커피 바와, 10개의 테이블로 구성되어 있어 한 번에 많은 사람이 들어올 수는 없다. 한옥 건물 바로 옆에 징크 패널로 10평 정도 건물을 증축하여 남녀 화장실 한 개씩과 창고를 지었다. 증축한 공간에는 넓은 아일랜드와 오븐도 갖추어 놓았고, 냉장고와 냉동고 그리고 직원이 잠깐씩 휴식을 취할 수 있도록 간이침대와 의자 몇 개를 갖춰 놓았다.

절반은 비품을 쌓아 놓아서 10평의 공간은 항상 빈틈없이 꽉 차 있다. 성격상 비품은 언제나 부족하지 않도록 미리 갖춰 놓는 편이라 테이크아웃용 컵, 생수, 탄산수 등 20여 개가 넘는 상자가 쌓여 있다. 비품들은 주기적으로 정리하며 재고를 확인하여 채워 놓아야만 한다. 특히 성수기 때는 거의 매일 발주를 하게 되어 택배를 받아서 정리하는 것도 번거로운 일이다.

카페를 시작하고 초기에는 필요한 만큼의 비품만 그때그때 구매해서 사용하였다. 땅을 구매하고, 옆에 새로운 건물을 증축하고, 한옥 리모델링과 내부 집기들을 채우느라 통장 잔액은 간당간당하였고, 두 개의 신용카드도 한도까지 찼기 때문에 여유롭게 비품을 준비해 놓을 수 없었다.

가끔 실내 자리가 가득 차면, 손님들은 혹시나 싶어 증축한 공간으로 통하는 문을 열어 보기도 한다. 그때마다 비품으로 가득 찬 공간에 놀라 이 작은 카페에 무슨 물건이 저렇게 많이 필요하냐고 놀라기도 하신다.

2023년 2월 5일 일요일, 엄마

맑고 화창한 일요일, 최근 들어 가장 좋은 날씨의 휴일이다. 날씨가 좋기도 하고 해미읍성에서 대보름 행사를 한다는 공지가 있었으니 손님이 몰릴 것을 고려하여 야외 의자마다 담요를 세팅하고 화병도 놓았다. 시그니처 메뉴인 크림커피의 주재료인 크림을 충분히 준비하는 등 만반의 준비를 해두기도 했다. 보통의 일요일에는 오후 1시 가까이 되어야 손님이 들어오기 시작하는데, 오늘은 10시 조금 넘으니 손님들이 오기 시작하였고 11시가 넘어가니 홀에 손님이 차기 시작하였다.

　다섯 팀째 결제하고 음료를 만들려고 하던 중 갑자기 전기가 나갔다. 전기가 나가니 커피를 내리던 머신, 공간에 틀어져 있던 음악, 켜져 있던 조명, 오렌지를 짜던 착즙기, 크림을 치던 핸드 블렌더, 계산하던 포스기 전부 작동하지 않는다. 결제하고 기다리던 손님은 현금으로 환불을 해드리고 바로 한전에 전화하니 1시간 후에나 문제를 확인해 줄 수 있다는 답변을 들었다. 계속 들어오시는 손님들에게 정전임을 공지하자 그대로 나가시는 모습을 보니 착잡한 마음이 들었다.
　15분쯤 지나 다행히 전기가 다시 들어왔다. 나가셨던 손님도 다시 찾아주었고 밀린 주문을 해결하느라 분주히 움직이는데 12시 즈음 또다시 정전이 되었다. 우리만 정전인 건지, 해미 전체가 정전인 건지를 알 수 없으니 답답하기도 하고, 모처럼 좋은 날씨에 일찍부터 손님들이 오시는데, 3년 동안 한 번도 없었던 정전이라니. 카페를 운영하다 보면 날마다 다른 문제들이 생기고 그때그때 해결해야 한다. 이런 상황은 이미 들어오신 손님에게도, 이제 막 들어오시는 손님에게도 당황스러울 수밖에 없다. 어떤 상황에서도 평정심을 유지하며 친절하게 응대해야 하는 것이 살아남는 방법이라는 것을 3년을 운영하며 터득하게 되었다.

10여분이 지나니 다시 불이 켜지고 공간에는 음악이 흐르기 시작했다. 다행히 손님들은 전기가 들어올 때까지 기다려 주었고, 좋은 날씨 덕분에 마당의 야외석도 손님들로 붐비기 시작했다. 활기를 찾은 진저보이는 가족 단위, 연인, 여행객들로 금세 만석이 되었다.

5시가 지나면서 서서히 마감 준비를 하기 시작한다. 일요일에는 물에 희석한 세제를 바닥에 뿌려서 커피의 기름기 제거 작업을 한다. 다음날 출근했을 때 뽀송뽀송한 주방을 맞이할 수 있게 되어 매주 1회는 세제 작업으로 마무리한다. 난방기, 공간 곳곳에 놓아둔 전기 히터, 스탠드 조명들, 전기 포트, 그리고 인덕션 코드를 모두 뽑았는지 확인한다. 음악을 틀던 아이패드가 충전기에 잘 꽂혀 있는지 확인하고 냉장고 온도 점검을 마친 후 퇴근한다.

2023년 2월 6일 월요일, 엄마

처음 이 집을 보았을 때, 매우 아름다워서 보기만 해도 그냥 좋았다. 해미에서 오래 사셨다는 분들도 이런 집이 있었느냐고 물을 정도로 존재감이 없고 작고 아담한 데다, 판자로 여기저기 덧대어 볼품없는 집이었지만, 왠지 모르게 나의 마음에 쏙 들어서 밤에 잠도 이루지 못할 정도였고, 누군가가 먼저 계약할 것 같은 불안감마저 들었다.

출근길과 퇴근길에 아침저녁으로 매물로 나온 집을 눈에 담던 것이 한 달쯤 되었을 때, 무엇을 하겠다는 용도도 정하지 않고 일단 계약을 하였다. 근무하던 대학교의 직원들은 해미에 한정식집이 없으니 한정식집은 어떠냐, 한옥이니 전통찻집도 좋겠다는 등의 의견도 내주셨지만, 해미에 땅을 샀다는 엄마의 말에 잠깐 보러 내려온 아들은 카페를 추천했다. 동네에 맛집은 많은데 맛있는 커피를 마실 수 있는 곳이 드물다는 이유였다.

2종 일반주거지역인 진저보이 건물은 주택을 상가로 용도 변경이 필요하였다. 근무하던 학교의 건축학과 교수님께 건축사와 시공업체를 소개받았고, 건축사는 용도변경, 증축, 리모델링 관련 설계 제반 행정업무를 도맡아 주셨다.

용도변경을 위한 서류로 현재의 설계도와 변경할 설계도가 들어가야 하는데, 60년도 넘은 집의 설계도는 없었다. 처음부터 매도인은 땅값만 받았으니 주택에 대한 어떠한 질문도 하지 말 것을 요구하기도 했다. 측량

하고 현재의 설계도를 만들고 증축과 리모델링에 대한 설계도를 그려야 했다. 측량하던 중 3평이 현재 도로로 사용되고 있어서 등기를 새로 해야 했고 정문 출입구 쪽에 차가 드나들 수 있도록 턱을 낮추고 도로 사용과 관련한 신고를 해야 했다. 무엇 하나 쉽게 넘어가는 것이 없었다.

오래된 한옥이라 오수관을 찾는 것도 어려웠고, 집에서 멀리 떨어져 있는 오수관에 하수관을 연결하는 것도 옆집의 허락을 받아야 했다. 우여곡절 끝에 용도변경, 증축, 리모델링과 관련한 행정 및 서류 작업이 끝나고 공사가 시작되었다.

아들은 서울에 있는 시공 업체에 맡기자고 하였으나 건축폐기물, 인건비, 장비 조달 등의 편리성을 고려하여 추천해 주신 업체에 맡기게 되었다. 많은 분의 관심과 도움으로 단 한 건의 분쟁이나 마찰 없이 리모델링을 마칠 수 있었다.

아들은 몇 달 동안 서울과 해미를 오가며, 커피 바 설계부터 전반적인 디테일들을 신경 썼다. 가구 하나, 소품 하나 고르는 것조차 내 마음대로 할 수 없어서 준비 과정이 평화롭지만은 않았다.

오픈 준비를 마치고 한참 글을 쓰고 있는데 문을 두드린다. 오픈 시간도 안 됐는데 손님이 벌써 오셨다. 월요일 오전인데도 실내가 만석이 되었다. 점심 무렵이 되니 군인, 학교 회사원들이 무리 지어 들어오시고 오전에 오셨던 손님들의 트레이 반납이 시작되었다. 주말이나 휴일에나 있을 법한 풍경이다. 3시 넘어서까지 피크가 이어졌다. 주말과 일요일 피로가 풀리지도 않았고 점심도 먹지 못한 상태여서 직원도 말없이 일에 집중한다. 오늘은 평소보다 일찍 마감해야겠다.

2023년 2월 10일 금요일, 엄마

진저보이는 아들이 지은 상호다.

우리나라 사람들에게 진저는 생강이라는 영어단어로

익숙하다. 서산은 국내 손꼽히는 생강 생산지이기도 해서, 카페 메뉴를 짤 때도 생강이 들어간 음료와 디저트를 만들어 내보면 좋을 거 같다는 의견이 나왔다.

진저는 영어로 생강이라는 뜻도 있지만, 진한 주황색을 의미하기도 한다. 특히 주황색 머리를 한 남자애를 진저보이라고 하는데, 세련됨과는 거리가 먼 촌스러운 느낌이다. 그런 시골스러움이 편안하고 아늑한 분위기가 될 수 있다고 생각했고, 해미에 위치한 한옥 카페와 잘 어울릴 것 같다는 생각이 들었다. 진저보이의 메인 컬러도 주황색이 되었다. 한옥의 고풍스러운 소나무 색과 마당에 심은 대나무의 초록색과도 잘 어울렸다.

간혹 실제로 촌스러운 생강 소년이 운영하는 카페를 기대하고 방문하였다가 생강 소년과는 동떨어진 분위기에 실망감을 표현하시는 손님도 있다. 어떤 손님은 생강으로 만든 커피를 기대하고 오시기도 했다. 처음엔 나도 진저보이가 괜찮은 이름인가 싶었지만, 점차 잘 어울린다는 걸 느끼며 특허청에 상표등록도 해 두었다.

주말을 위해 마감을 서둘렀는데, 단골손님 네 분이 들어오신다. "마감했나요?" 일부러 진저보이에 커피를 드시러 오신 단골들을 그냥 보낼 수 없어서 씻고 있던 포터 필터를 다시 꺼내 든다.

2023년 2월 13일 월요일, 엄마

커피를 즐기지도 않는데 카페 사장이라니. 사실 나는 직장에 다닐 때 회의를 하거나 동료와 함께하는 휴식 시간에 커피믹스 한잔, 1년에 몇 번 남편과 외국에 나갔을 때 유명한 카페를 찾아다니며 마셨던 커피 한잔 말고는 내가 커피를 찾아 마신 적이 없다.

내 입에는 항상 커피의 쓴맛만 느껴졌고 매일 같이 돈을 주고 커피를 사서 마시는 사람이 이상해 보이기도 했다. 직장동료였던 민자 선생님은 출근하자마자 큰 텀블러에 계절에 상관없이 뜨거운 커피를 한가득 사 와서 맛있다고 마셨다. 그런 민자 선생님이 신기하기도 하고 정말 맛있는 건가 싶었다.

진저보이를 시작하면서도 원두 선택, 집기 구매, 인테리어 등 서울에 사는 아들이 모든 것을 다 기획하여 오픈까지 도움을 주었고, 나는 일 잘하는 전문 바리스타를 뽑아서 관리만 하면 되는 줄 알았다. 카페를 오픈하면서 400개도 넘는다는 서산의 카페에 단 한 곳도 가보지 않았고, 진저보이 오픈 당시 해미에 이미 30개가 넘는 카페가 있었지만, 직장이었던 학교 앞 카페 한군데만 가봤을 뿐이었다.

자영업을 하려면 시장조사, 상권분석, 다른 카페의 메뉴도 파악해야 한다는 전문가들의 '국룰'을 따르지 않은 상태에서 나는 진저보이를 오픈하게 되었다. 아들의 도움이 컸지만, 카페 주인으로서의 창업 자세는 불량하기 짝이 없었다.

'직원들이 있으면 잘 몰라도 돌아가겠지.'라는 나의 계획은 오픈 후 며칠이 지나면서 산산조각이 났다. 여러 이유로 일하던 직원들은 오픈 몇 주 만에 그만두게 되었고, 진저보이에는 덩그러니 혼자 남게 되었다. 커피나 카페 운영에 대한 어떤 정보도, 지식도, 경험도 없는 상태에서 진저보이를 꾸려 나가야 하는 상황에 놓이게 되었다. 심지어 포스기를 켜는 것조차 할 줄 모르는, 아무 준비도 되어 있지 않은 상태에서 당장 내일부터 진저보이의 문을 열고 직접 영업을 해야 하는 상황에서 겁도 났다.

어떻게든 운영을 해야 했기 때문에 카페 운영, 커피 머신이나 그라인더의 특성 등에 대한 관련 서적을 읽었고, 틈틈이 유튜브로 공부하면서 어설프게 영업을 이어 갔다. 경험이 없으니 기본에 더욱 충실하게 되었다. 신선한 원두를 공급받는 일, 머신과 그라인더의 세척 관리, 포터 필터에 담기는 원두의 양과 추출 시간. 에스프레소의 양과 크레마의 비율이 조금이라도 다르면 과감히 버리고 다시 추출하여 표준화된 맛을 유지하는 데 신경을 썼다.

원두를 공급해 주던 서울 연남동 어나더룸의 김수철 대표가 많은 도움을 주었다. 내가 힘들어하는 것이 있으면, 직접 해미로 내려오지 못하더라도, 30분 넘게 영상통화를 하며 하나하나 도와주었다. 지금 생각하면 참 고마운 일이었다. 가끔 다른 카페 사장님이나 커피를 진지하게 공부하는 분이나, 커피에 관심이 많고 지식과 정보가 많은 분이 오시면 짧은 경험과 지식으로 커피를 드리는 것이 부끄러울 때도 있다. 하나도 모르는 상태에서 직접 부딪히면서 체득하다 보니, 진정성을 가지고 커피를 연구하시고 카페를 운영해 나가시는 분들에게 늘 감사하고 존경하는 마음을 가지고 있다.

서산에서 온 단골손님이 월요일 첫 손님이다. 월 3~4회 방문하여 크림커피를 주로 드시는 3인방이다. 이후 서너 팀이 연달아 들어오시고 점심시간이 되었다. 인근 공군부대 군인 다섯 명, 내가 근무하던 학교에서 테이크아웃 8잔 주문까지, 꽤 바쁜 월요일이다. 점심 피크가 없이 오후까지 계속 손님이 드나든다. 6시 전후 마감 계획이었으나 7시가 다 되어 마지막 손님이 카페를 나갔다.

2023년 2월 15일 수요일, 엄마

카페를 시작하며 지인에게 카페 창업, 커피 관련 책을 서너 권 빌려서 읽었고, 직장에 다니는 와중에는 퇴근 후 인근 문화센터에서 바리스타 교육을 받으며 아주 조금 커피와 머신, 메뉴 등에 대해 알게 되었다.

각기 다른 원두의 속성, 원두와 머신의 관계, 그라인더의 역할, 온도, 습도, 추출 시간, 물의 특성들과의 관계 등에 대해 아는 것이 전혀 없다시피 해 막상 직접 커피를 내리고 운영하려고 하니 낯설고 자신감도 없었다. 하루하루 몸으로 부딪쳐가며 익히는 수밖에 없었다.

진저보이에서 사용하는 원두와 커피 머신, 그리고 그라인더에 익숙해지기 위해 매일 20~30잔 넘게 추출하여 먹어보고 비교하고 확인하며, 최상의 맛이 무엇인지는 알아내야만 했다. 그러한 시간 덕분에 지금은 집에서 쉬고 싶을 때도 매일 테스트하며 마시는 커피 한잔을 즐기는 시간 때문에 쉬는 날보다 출근하는 날이 더 좋아졌다. 잘 해내야겠다는 책임감과 처음부터 지금까지 사소하고 작은 것도 정성을 다하는 마음이 있었기에 아무것도 몰랐던 내가 지금까지 진저보이를 운영하는 것이 가능했다고 생각한다.

진저보이는 호주 시드니에서 시작된 로스터리인 놈코어(Normcore)의 'damn good blend'를 사용한다. 댐굿 블렌드는 Ethiopia washed, Brazil natural, India natural 3가지 생두를 엄선하고 섞어 로스팅한 원두이다. 다크 초콜릿과 바닐라 셰이크, 말린 자두의 향과 맛을 느낄 수 있는 묵직하고 고소하며 진한 맛의 커피가 내려진다.

진저보이 오픈 초반에는, 호주에서 로스팅해 항공편으로 한국에 도착한 원두를 공급업체인 어나더룸에서 택배로 발송해 주었다. 2주마다 주문을 넣을 수 있었지만, 한국에 로스터리가 있는 게 아니어서 필요할 때 바로 구매할 수 있는 상황이 아니었다. 2023년부터는 호주 놈코어 커피의 한국 지사가 생겨서 한국에 있는 로스터리에서 안정적으로 공급받고 있다. 비수기인 12, 1,

2월에는 주 10~15kg, 성수기에는 주 20~25kg 정도를 주문한다.

진저보이에서는 시네소 200 커피 머신과, 빅토리아 아르두이노 미토스 원 그라인더를 사용한다. 디자인도 예쁠 뿐 아니라 사용하기에도 아주 편리하다. 그라인더는 주기적인 청소를 해주는 것으로 엄청나게 써대는 것에 대해 보상을 한다. 그라인더를 분해하여 꼼꼼히 먼지를 털어내고 톱날 틈에 끼어 있는 오래된 커피가루를 제거하여 더욱 신선한 커피 맛을 낼 수 있도록 한다.

매일 오픈준비를 하며 원두의 양, 분쇄 시간, 추출된 에스프레소의 양과 크레마를 점검하여 조절해 두지만, 하루에도 여러 번 추출 시간과 분쇄 입자의 크기를 조절하며 표준화된 맛이 나도록 한다.

새 원두를 보충한 이후나 그라인더 청소를 했을 때는 물론이고, 날씨, 습도 등에도 민감하게 반응해야 한다. 바쁠 때는 그라인더를 조절하며 밀린 주문서를 소화해야 할 때도 빈번하다. 3년이 지난 지금은 일어나는 변수에 즉각적으로 대처할 수 있지만 오픈 첫해에는 난감한 일들을 마주하며 하루하루 롤러코스터를 타는 느낌으로 영업을 이어갔다.

바람도 없고 맑은 날씨임에도 오늘은 점심 피크도 없다. 단체석에 한 팀뿐 한창 손님들로 붐벼야 할 시간에 한산하기만 하다.

2023년 2월 20일 월요일, 엄마

보통 오전 7시 30분 즈음 서산 시내의 집을 나선다. 해미에 위치한 진저보이까지는 20분 정도 소요되는 거리다. 지난 몇 년 동안 이 길을 오갈 때만 해도 계절마다 바뀌는 논과 밭의 풍경이 아름다워 보였지만, 지금은 그저 출근길일 뿐 그 이상도 그 이하도 아니다.

8시 조금 지나 카페에 도착하여 난방을 켜고 머신을 작동해 본다. 영하 날씨에 실내는 냉랭한 기운이 감돌고 있다. 난방기를 작동하고도 꽤 긴 시간 동안 온기가 돌지 않고 계속 예열 중이다. 밤새 영하의 날씨에 머신의 모터가 작동되지 않을 수 있어서 모터 가까이에 히터를 틀어 놓아 온도를 올려준다. 출근과 동시에 실내 온도를 올려야 오픈 시간 즈음 머신도 난방기도 제 역할을 할 수 있게 되기 때문이다.

눈이 오나 비가 오나 매일 마당의 야외 테이블과 파라솔을 펼쳐 놓는다. 인스타그램이나 블로그 사진을 보고 찾아오는 분들이 사진에서 보았던 모습을 기대하고 방문할 수도 있기 때문이다. 오늘은 날씨가 영하 1도밖에 되지 않아 수월했지만, 눈이 오면 눈을 치우고, 비가 오면 우의를 입고라도 테이블과 의자 파라솔을 세팅한다.

퇴근하며 마감 청소를 하지만 홀, 화장실 주방의 청소 상태를 점검한 후 핸드타월, 휴지를 보충하고 화병의 물을 갈아준다. 그리고는 머신의 포터 필터를 씻어 세팅한 후 머신의 남은 세제 제거와 그라인더 세팅을 하기 위해 커피를 추출한다.

사용할 허브를 다듬고, 레몬을 씻어 슬라이스 하여 준

비하고, 크림커피용 크림과 브레드용 크림을 날씨와 요일을 고려하여 양을 조절하며 준비한다. 요즘같이 재룟값이 하루가 다르게 오르고 있는 상황에서는 남아서 버리는 양을 줄이기 위해 신경을 써야 한다.

매일 아침 초콜릿 파우더로 초콜릿 시럽을 만든다. 펌프질 초콜릿 시럽을 쓰지 않고 만들어 쓰는 이유는 초콜릿 파우더가 가지고 있는 향과 맛을 유지할 수 있기 때문이다. 마지막으로는 진저브레드를 커팅하여 디스플레이하고 진저초코쿠키를 가득 채워 둔다.

진저보이에서 나가는 모든 재료는 하루도 빠짐없이 매일 아침 새로 준비하기 때문에 오픈 준비하는 데 1시간에서 2시간 정도 걸린다. 재료준비가 끝나면 마당과 주차장의 쓰레기를 줍는 것으로 9시 30분 전후로 오픈 준비를 끝낸다.

커피 한잔을 내려 10시 오픈 전까지 테이블에 앉아 오롯이 나만을 위한 시간을 가진다. 매번 다른 테이블에 앉아 커피를 마시며, 테이블마다 놓인 다양한 화병의 위치를 조정한다. 나만의 휴식 시간은 길지 않다. 재고를 확인하고 채워 놔야 할 물건들을 주문해야만 한다.

오늘은 옆집 주차장을 가리는 용도로 마당 구석에 둘 에메랄드그린 네 그루를 위해 나무 공급업체, 심어줄 조경업체와 접촉하고 대형 화분까지 주문해야 했다. 2월까지는 땅이 얼어서 3월 초에 작업하기로 일정을 잡았다.

주변에 하루가 멀다고 신상 카페가 더 멋지게 더 크게 생긴다. 진저보이도 3년 동안 조금씩 변화를 주려고 노력해 오고 있다. 의자를 몇 개 바꾼다든지, 나무를 심는 다든지. 맛은 잘 유지하면서 매장은 늘 새롭고 신선한 모습이어야 단골손님도, 처음 오는 손님들도 계속 카페를 찾게 되지 않을까 하는 마음이다. 오픈 시 큰 비용을 들여 인테리어를 하거나 집기를 구매하는 것보다, 운영하면서 매년 업그레이드 또는 추가하는 것이 절세 효과도 있고 매일 카페에서 일하는 나와 직원이 매너리즘에 빠지지 않게 하는 방법이다.

11시가 넘어서야 첫 손님이 들어왔고 12시가 넘으면서 홀 아홉 개의 좌석이 만석이 되었다. 주중 보통 12시를 넘기면 군인, 인근 학교 교직원, 회사원들이 3~7명 정도의 팀 단위로 5~6팀 정도 들어오는데, 오늘은 중년 여자분들이 실내를 채웠다. 3년을 운영하지만 날마다 다른 모습이어서 진저보이는 손님들 유형이나 요일마다 패턴을 예상할 수 없는 것 같다. 점심 피크가 지나는 2시 정도부터 연인들이 실내를 채웠다. 주중 대부분이 연인인 경우는 흔하지 않은 데 오후까지 커플손님이 대부분인 하루였다.

바쁜 주말을 보내고 해미의 상점들은 대부분 월요일 휴무를 한다. 정해진 휴무가 없는 진저보이는 월요일인 오늘은 일찍 마감하고 며칠 전부터 문제를 보인 가스캣을 교체하였다. 가스캣이 뜨거운 열에 달라붙어서 떨어지지 않아 송곳을 사용하여 힘으로 하다 보니 머신이 밀리면서 문제가 생겨 물이 줄줄 새어 나왔다. 당황하였지만 머신을 공급해 준 업체에 연락하여 도움을 받아 문제를 확인하였고, 머신이 밀리면서 빠진 배수 호스를 연결하였다. 물이 새는 순간, 지방인 이곳에 내일 AS 기사를 부르면 언제 올 수 있을지, 며칠을 휴무해야 할지 온갖 부정적인 생각이 오고 갔지만, 아무렇지 않게 해결하니 오히려 성취감마저 들었다. 커피와 머신 등에 대한 지식과 경험이 부족하다 보니 하루하루 다른 문제가 발생하고 해결하는 과정이 연속되어 갔다. 그러면서 경험이 쌓이는 거겠지.

가스캣을 교체하고 빠진 호수를 끼우고, 마당의 야외 테이블을 접는다. 혹시라도 밤새 바람이 불어서 유리 쪽으로 의자가 부딪치거나 나뒹굴지 않도록 마당 한쪽에 파라솔 테이블 의자를 정리하고 홀 청소를 한 후 화장실 소독 및 청소를 했다. 이어 주방의 원두 찌꺼기 쓰레기통, 재활용, 일반 쓰레기, 음식물 쓰레기 통을 비운 후 머신 씻으며 마감을 한다.

"진저보이에도 봄이 오고 있음을
알리고 싶었다."

2023년 2월 23일 목요일, 엄마

진저보이는 365일 모든 테이블과 화장실, 커피 바에 생화를 꽂는다. 겨울에는 일주일 혹은 이 주에 한 번 꽃을 바꾸어 가며 변화를 주고 기온이 높은 여름에는 조금이라도 오래가게 하려고 수명 연장제를 넣기도 한다. 특히 겨울에는 생기를 주기 위해 꽃을 신경 써서 고르기도 한다. 실내에 꼭 꽃을 두는 건 카페를 찾는 손님들뿐 아니라 종일 매장 안에 있는 나를 위한 배려이기도 하다.

운이 좋게도 해미에 전문적인 플로리스트가 계셔서 꽃을 추천받아 사용하고 있다. 월, 수, 금 양재동 꽃시장에서 오는 꽃차에서 신선하고 다양한 꽃을 저렴한 가격에 받기도 하고, 인근 고북 화훼단지에서 공급받기도 한다.

삭막한 겨울에는 화려하고 풍성한 백합, 버터플라이 라넌큘러스, 리시안셔스, 튤립, 거베라를, 봄과 여름에는 오래갈 수 있는 후리지아, 해바라기, 작약, 가을에는 주로 국화류를 꽂는다. 난방기로 인해 더워진 실내에 두기 때문에 하루 2~3회 물을 갈아주며 신선함을 오래 유지할 수 있도록 한다. 단골손님들은 바뀐 꽃을 먼저 알아봐 주시기도 하고 처음 오신 분들도 꽃들에 관심을 두신다.

진저보이는 매년 11월 튤립 구근을 심어오고 있다. 봄, 여름에는 사방이 초록의 나무와 꽃 천지이지만 겨울에는 안과 밖이 삭막하여 화분에 튤립 구근을 심어서 실내에 두면 빠르게는 다음 해 1월 중순, 조금 늦으면 3

월 들판에 새싹이 나올 즈음까지 꽃을 피워 진저보이를 찾는 손님들에게 즐거움을 주어왔다. 올해도 튤립 구근 살몬다이너스티, 일데프랑스, 아프리콧프라이드 3가지 100개를 구매하여 심었다. 날씨가 추웠음에도 설 명절 전후로 만개하여 진저보이를 찾는 손님들의 사랑을 받았다.

마당에는 사계절 푸릇한 대나무가 심어져 있어서 여름에는 시원하고 겨울에는 아늑한 분위기를 내준다. 처음 카페를 만들 때 한옥에 어울리게 마당 중앙에 잘생긴 소나무를 심을 계획을 세웠었으나 아들이 대나무를 심자고 제안하여 담양에서 대나무 100그루를 구매해 직접 심었다. 마당 중앙과 증축한 징크 패널 둘레에 큰 화분 20여 개로 나누어 심어서 독특하고도 세련된 한옥의 분위기를 만들어 주기에 충분했다. 대나무는 진저보이 상징이 되어 방문하신 손님들은 대나무 앞에서 사진을 찍어 개인 SNS에 게시하기도 하고, 그 덕에 더 많은 분이 진저보이를 찾아 주신 것이라고 믿고 있다.

2년 차 봄 마당의 콘크리트를 파고 다시 대나무를 공

수하여 심었다. 처음 두 달 정도 적응기를 지나니 이내 초록색 대나뭇잎이 빛을 발하였다. 올해 만 3년이 된 대나무는 기존에 있는 대나무 수보다 더 많은 죽순이 올라왔고 더 튼실하게 자랐다. 죽순이 나온 지 한 달이 넘어가면서 하늘을 찌를 듯이 3m도 넘게 자랐다. 두 달여 동안 다 성장한 대나무는 껍질이 벗겨지고 돋아난 새잎이 펼쳐지면서 싱그럽고 초록한 대나무 숲을 만들어 내어 보는 것만으로도 청량한 기분이 들게 한다.

오늘은 바람도 없고 오전부터 봄 날씨다. 마당과 홀 전체에 햇빛으로 가득 차서 오랜만에 진저보이도 활기찰 것 같은 기대가 된다. 11시를 넘기면서 손님들이 줄을 지어 들어왔다. 12시가 되자 홀은 만석이 되었고 따뜻한 햇볕을 쬐려는 손님들은 마당 야외석에 자리를 잡는다. 주문서가 5개를 넘어가고 어느덧 홀과 마당의 테이블이 만석이 되어 갈 즈음 단체 13명이 들이닥쳤다. 홀에 있던 손님들의 트레이 반납이 시작되었고 커피 바는 트레이 세팅을 하면서 음료를 만드느라 분주한 가운데 반납된 트레이를 정리하느라 눈코 뜰 새가 없어진다. 직원은 주문을 받고 테이블 소독, 서빙을 담당하여 주중 피크타임 중에서도 절정의 시간을 보내고 있다. 13명의 단체 음료는 4개의 트레이에 나누어 서빙하였다. 마지막 트레이에 블랙 아이스 1잔과 쿠키 2개를 추가로 제공하였더니 13명 전체가 손뼉을 치며 콘서트장에 온 것처럼 좋아하였다. 주문이 밀리거나 어떤 때는 1시간 정도 기다려 주시는 손님들에게 가끔 쿠키나 음료를 서비스하여 감사의 표시를 하기도 한다.

홀과 마당을 가득 채웠던 손님들은 1시 30분 전후로 대부분 빠지고 연인 서너 팀이 자리를 채운다. 오늘과 같이 주중 피크가 있어서 매출이 보장되는 날에는 오후가 여유로워진다. 5시가 되자 진저보이에 한 팀의 손님도 없이 한산하다. 이때 출입문을 열고 창틀의 먼지를 닦아 내고 방석을 털기도 하여 쾌적한 공간이 되도록 한다.

2023년 3월 2일 목요일, 엄마

작년 11월에 주춧돌 교체 작업을 하느라 2일 휴무를 한 후 3개월 만의 휴무일이다. 휴무 며칠 전부터 단골손님들이 헛걸음하지 않도록 하고 휴무 전날은 네이버와 인스타에 휴무 공지를 한다. 한 달에 1회는 휴무를 하였으나 지난겨울 동안 휴무 없이 영업하여 처리해야 할 일들이 쌓여 있었다.

며칠 전부터 머신 온수가 잘 나오지 않고 마지막에 분사되듯이 나와서 신경을 쓰고 있던 터라 머신 AS를 받았다. 서울 수도권과 달리 출장비부터 다르다. 출장비만 18만 원, 가스캣, 샤워 스크린 볼트, 온수 보수 공임 등을 합하니 30만 원이다.

AS를 마치고 온수의 온도, 나오는 물의 양 등 커피를 추출해 보며 확인을 하였지만, 기사님이 가시고 난 후 다시 같은 증상이다. 당장 영업을 해야 하는데 비용은 비용대로 들고 개선되지 않은 머신을 보고 있자니 답답한 마음이다. 기사님이 다시 오셨지만, 중요부품 교체

외 답이 없다고 한다. 이미 3년 동안 마르고 닳도록 사용을 해서 보수로는 원래의 상태로 돌아가기는 어렵다고 한다. 이미 30만 원을 지출한 상태에서 중요부품이라면 100만 원 가까운 비용을 또 들여야 한다니. 머신은 주기적인 가스캣 교체 외에는 3년 동안 크게 AS 받을 일이 없었는데 하나둘씩 문제가 생기기 시작한다.

휴무일이어도 쉴 틈이 없다. 서울에 가서 재료 등 물건을 구매해야 하기도 하고 개인적인 일도 처리하고 귀가하니 여느 때의 퇴근 시간이 되었다.

2023년 3월 4일 토요일, 엄마

아침부터 마당에 옹기종기 앉아 지저귀는 새소리가 정겹다. 봄기운이 느껴지는 주말이라 오랜만에 마당의 테이블을 남김없이 모두 펼쳐 놓았다. 날씨가 좋아 손님이 많을 것이란 생각보다는 진저보이에도 봄이 오고 있음을 알리고 싶었다. 마당을 활용하지 않고서는 매출에 한계가 있기 때문에 봄이 오기만 기다렸는지도 모르겠다.

마당을 본격적으로 쓰기 시작하는 계절이 되면, 일손이 점점 부족해진다. 3월, 4월, 5월 그리고 6월 초까지는 진저보이의 성수기다. 7월부터 11월까지는 평균 정도의 매출을 보이고, 12월부터 2월까지는 평균의 3분의 2 정도 매출이 나온다.

진저보이는 주문 시 메뉴 설명과 진동 벨 없이 음료를 서빙하다 보니 함께 일하는 직원의 역할이 무엇보다 중요하다. 그리고 주중 피크 타임에 몰려드는 손님과 관광지 특성상 성수기 주말에 10개가 넘게 쌓인 주문서를 소화하려면 강심장의 소유자이거나 일머리가 뛰어난 직원이어야 쉬지 않고 일하는 내가 조금이라도 신경을 덜 쓸 수 있게 된다.

게다가 주인인 내 나이가 지긋하기도 하고, 한옥 카페이기 때문에 트렌디해 보였으면 하는 진저보이가 자칫

올드한 느낌이 들 수 있어서, 나와 케미가 잘 맞고 카페에 발랄함과 생기를 줄 수 있는 직원일수록 좋다.

카페 신규 직원이 채용되면 출근 일주일 전 오전, 오후 시간대, 각기 다른 요일에 편안한 마음으로 커피를 마시러 오라고 한다. 커피 바 안쪽에 앉아서 공간에 익숙해지기도 하고 바리스타와 직원이 하는 일을 관찰하며 질문을 하라고 하여 업무를 숙지할 수 있도록 한다.

출근 전날에는 진저보이 직원 매뉴얼을 미리 보내 두어 다시 한번 숙지할 수 있도록 한다. 일주일 정도는 기존 직원과 함께 일하며 사장인 내게 물어보지 못하는 것을 직원에게 물어보며 익히도록 한다. 주문 시 원두에 대한 간단 설명과 메뉴 안내를 하게 되는데 처음 일할 때는 이 부분을 가장 어려워한다.

첫 출근하면 서빙과 설거지, 청소 위주의 업무를 하게 되고, 2주 정도 익숙해진 후부터 주문을 받기 시작한다. 근무 한 달 정도 지나면 메뉴 레시피를 주어 음료를 만들 수 있도록 한다.

농촌인 해미는 인구 약 18만의 중소도시 서산에서 20

분 정도 떨어진 곳에 있어서 직원 구하기가 정말 힘든 곳이다. 오픈 초반에 인근 한서대학교 학생들을 채용하기도 했으나 잦은 수업 시간 변동에, 방학이 되면 집으로 돌아가게 되어 중간에 그만두는 사례가 빈번해졌다. 그래서 직원을 새로 구하게 되면 인근 거주자를 우선시하고 있다.

비용을 줄이고자 파트타임만 고집하다 보면 정작 성수기 때는 일손이 부족하여 동동거려야 하는 상황을 여러 번 겪다 보니 정규직으로 채용하게 되었다. 직원 1명 월급 220만 원, 주 6일 근무, 월차와 명절 1일 휴무, 연 2일 휴가 정도의 복지와 4대 보험 사용자 부담, 1년 이상 근무 시 퇴직금까지 연 2,900 정도 지출하게 되는 셈이다. 지난 1월, 2월은 상대적으로 비수기였고 유난히 춥고 경기도 좋지 않아 작년보다 매출이 줄어든 상황에서 꼬박꼬박 급여가 나가게 되니 애가 타는 심정이었다.

오전부터 손님들이 홀을 채운다. 활기찬 토요일의 시작이다. 보통 토요일은 조금 늦은 시간인 1시 정도부터 손님들이 들어오기 시작하여 1시 30분 사이에 피크가 시작되는데, 오늘은 12시 30분 정도부터 홀이 채워졌고 온화한 날씨에 마당에도 손님들이 자리를 잡는다. 주문서는 5개가 넘었고 단 한 번도 쉬지 않고 2시 30분까지 음료를 만드느라 정신이 없다. 2시간 동안 450,000원이 넘는 매출이다. 이날 매출의 50%가 피크타임에 발생한 것이다. 직원과 둘이 운영하기는 버거운 일이지만 이렇게 피크타임을 보내고 나면 성취감도 크다.

2023년 3월 5일 일요일, 엄마

진저보이는 해미읍성 정문에서 걸어서는 5분, 해미읍성 주차장에서는 2~3분 걸린다. 안쪽 길에 있는 탓에, 처음 방문하시는 분 중 진저보이를 찾기 위해 같은 곳을 서너 번 돌아 찾았다고 하시는 분들도 있다. 진저보이 담장 옆에는 100평 넘는 주차장이 있어서 열다섯 대 정도의 승용차를 주차할 수 있다. 리모델링 공사가 한

창일 무렵 지금의 주차장 토지를 구매하신 분이 편하게 이용하라고 해 주셔서 지금까지 사용하고 있다. 해미읍성 주차장에서 걸어오시는 분들이 훨씬 많지만, 담장 옆 주차장은 인근 식당과 진저보이를 찾는 손님들로 늘 붐빈다.

진저보이 옆집 어르신은 화초와 꽃을 좋아하신다. 4월이 되면 수선화가 만개하여 주차장 쪽에서 오시는 분들을 반겨준다. 5월부터 옆집 담장에 장미꽃이 흐드러진다. 손님들은 담장 옆에 가서 사진을 찍기도 하고 감상하기도 한다. 어르신께서 얼마나 부지런하신지 꽃이 지면 떨어진 잎과 말라버린 꽃, 등 화단을 관리하셔서 늘 정갈하고 깔끔하다.

앞집 사장님 역시 나무 가꾸기를 좋아하신다. 진저보이 대나무에 진딧물이 생기거나 말라가는 것 같으면 오픈 시간에 지장이 없도록 아침 일찍 약도 쳐주시고 정리도 해 주신다.

진저보이 바로 앞에 사시는 아주머니는 손님이 많아

서 시끄러울 법도 한데 모임이 있거나 친인척이 오시면 항상 찾아 주신다. 손님이 많아서 너무 좋다는 말씀과 함께. 이런 좋은 이웃의 관심과 도움으로 지금의 진저보이가 되었다고 생각한다.

아침부터 마당을 채우는 손님들로 진저보이는 발 디딜 틈이 없다. 날씨가 풀리니 나들이객들이 늘어났다. 지난 3월 1일 공휴일 오후 4시에 입간판을 돌려놓고 운영 30분을 지연하여 손님들을 기다리게 한 경험이 있어서 오늘은 3명이 운영하니 훨씬 여유가 있다.

홀과 마당이 만석이 되었고 음료를 만들며 바쁘게 일하느라 손님들끼리 작은 충돌이 있는지도 눈치채지 못했다. 들어왔던 손님이 기분이 나빴는지 그냥 나가시고 단골손님이 테이크아웃하여 가시고 나서야 내용을 알게 되었다. 진저보이에 오신 분들은 맛있는 커피를 드시며 기분 좋으려고 찾아 주셨을 텐데 언짢은 채로 가시게 하여 오후 내내 마음이 무거웠다. 아무리 바쁘더라도 손님에게 집중하여 문제가 생겼을 때 바로 해결

했어야 하는데 아쉬움이 남는다.

2023년 3월 8일 수요일, 엄마

예전부터 해미읍성에서 장구만 쳐도 사람들이 몰려 온다는 말이 있을 정도로, 해미읍성에는 항상 관광객들이 많다. 서산 9경 중 제1경으로 지역민뿐 아니라 수도권 등에서 당일치기 여행 오기 안성맞춤인 곳이기도 하다. 해미읍성은 특별한 볼거리보다는 탁 트인 잔디광장을 편하게 산책하기 좋은 곳이다. 읍성 안쪽 끝 오른쪽 계단을 올라가면, 읍성과는 또 다른 분위기로 소나무 군락이 편안하면서도 웅장한 광경을 연출한다.

추석과 설 명절에는 다양한 행사가 열리고 주말마다 사물놀이 등 각종 문화행사로 여행객들에게 즐거움을 선사한다. 10월에 열리는 해미읍성 축제는 일 년 중 가장 크고 성대하게 열리는 행사이다. 특히 해미읍성은 야경이 뛰어난 100대 관광지로 선정되었을 정도로 야경이 아름답기로 유명하다.

해미는 작은 면 소재지이지만 유명한 맛집이 많다. 백종원의 골목식당으로 알려진 곱창집과 호떡집이 대표적이다. 멀리서 진저보이를 찾아오시는 손님 대부분은 여행 일정에 해미읍성, 해미 호떡 그리고 진저보이를 우선순위에 넣는다고 한다. 인근 서산이나 조금 떨어진 산업단지가 있는 대산에서도 식사를 하러 해미를 찾는다. 읍성에 들어가시는 손님이 많거나 호떡집에 줄이 길게 서 있는 날은 진저보이에도 대기 줄이 생길 정도로 많은 분이 찾아오신다.

진저보이와 주차장을 공유하는 식당들은 처음부터 영업을 한 곳이 아니다. 오픈 초반 돈가스집과 진저보이만 영업을 해 인적도 드물고 아는 사람만 찾을 수 있는 곳이었다. 주차장도 진저보이 손님들만 이용하는 정도였다.

해미에서 식사를 하신 분들이 커피 맛 좋은 카페를 찾을 때 주저 없이 진저보이를 추천하는 주변 분들 덕분에 손님들이 늘어났고, 외진 골목에 사람들로 활기가 생기자 중국집과 국밥집도 들어서게 되었다.

해미의 중심 길거리보다 진저보이 인근이 더 북적인다는 말도 있을 정도로, 돈가스집, 국밥집, 중국집 그리고 진저보이에는 늘 손님들이 많다. 그러고 보면 핫플레이스 카페는 어느 한 가지로 만들어지는 것이 아니라 사슬과 같이 엮인 여러 요인으로 만들어지는 것이라는 생각을 한다.

오픈 전인데 공군비행장에 아들 면회 온 가족이 들어온다. 오늘의 첫 손님이다. 진저보이에서 10분 거리에 공군비행장이 있다. 군인들은 진저보이의 점심 피크를 책임져주는 고마운 단골들이다. 군인들이 오면 사이즈 업을 서비스로 해주어 매번 찾아 주는 데에 대한 고마움을 표하기도 한다. 점심 식사를 한 후 커피를 마시러 오기 때문에, 피크시간과 겹쳐서 기다렸다가 테이크아웃해가서 미안할 때가 많다. 지금은 평택으로 가신 군인 가족은 시골에서 사는 것이 답답할 때도 많은데 진저보이 커피가 있어서 그나마 견딜 수 있다며 단 한 번도 거르지 않고 매주 찾아 주셨다.

주말답게 종일 관광객들, 단골손님, 해미국제성지에 성지순례를 오신 분들이 단체로 진저보이를 찾아 주신다.

2023년 3월 13일 월요일, 엄마

나에게 해미는 고향 같으면서 생소하기도 한 곳이다. 기억은 나지 않지만 다섯 살 때까지 해미 황락리라는 곳에서 살았고 이후 서산으로 이사 갔지만, 이모가 해미에서 이불집을 하셨다고 한다.

해미에서 가까운 저성리라는 곳에 작은아버지 식구들이 예전부터 지금까지 살고 있어서 어렸을 때 자주 갔었다. 저성리 작은아버지 댁에 가려면 해미천을 건너야 했는데 여름에 물이 불어 있을 때는 신발이 벗겨져 떠내려간 기억도 있다.

고등학교를 졸업하고 대학에 가기 위해 서울로 갔고, 결혼 후 30년 넘게 서울에서 살며 단 한 번도 해미에 올 일이 없었다. 친정인 서산에 내려올 때도 딱히 해미에 가 보아야지 하는 생각을 해보지 않았었는데, 서산으로 내려와서 출근하는 학교에 가기 위해 해미를 지나가게 되면서 조금씩 들여다보기 시작했다.

해미읍성이라는 문화재 덕분에 제한된 반경 내 고도 제한이 있어서인지 높은 건물이 없고 아기자기하다. 골목도 시장도 상점도 모두 크지 않고 소박하다. 기념품 판매상점도 없고, 흔히 볼 수 있는 동동주에 파전을 파는 음식점도 없다. 화려하고 웅장하지는 않지만, 읍성을 거닐면서 몸과 마음을 힐링할 수도 있다. 지나다니는 사람들도 바쁘지 않고 정겨운 모습으로 자전거를 타고 다니시는 모습을 자주 볼 수 있는 곳이다.

해미에서 오래 사셨던 분들은 해미는 불경기가 없는 곳이라는 말씀을 하실 정도로 사람들의 발길이 끊이질 않는다. 그래서인지 이 작고 조용한 해미의 상점들은 임대료나 땅값이 시내 어느 곳보다 높기도 하다.

바쁜 주말과 휴일을 보내서인지 피곤이 몰려오지만, 날씨가 정말 좋은 월요일이고 해미 장날이기도 하다. 어김없이 관성상회 사장님이 다녀가시고 이어서 군인, 관광객, 예산 손님 등 12시 전후로 홀과 마당을 채운다. 봄기운이 가득한 진저보이 마당은 여유 있게 커피 한잔을 하는 손님들로 만석이다.

2023년 3월 19일 일요일, 엄마

진저보이에 처음 오시는 분들께는 우리가 사용하는 원두에 대한 소개와 메뉴에 대한 자세한 설명을 해드린다. 손님과 직접 소통하며 조금이라도 더 개인의 기호를 파악하여 서비스하려는 마음으로 변함없이 해오고 있다.

한 번에 나가야 하는 음료가 많으면 트레이를 나누어 서빙하여, 손님이 음료를 받았을 때 사진을 찍고 싶은 생각이 들도록 보여지는 것에도 신경 쓴다. 블랙 아이스 커피나 화이트 아이스 커피는 얼음부터 채운 다음 물이나 우유를 넣고, 에스프레소를 나가기 직전에 추출해 테이블까지 서빙했을 때 크레마가 생생하게 보이도록 한다.

진저보이는 하루에 100팀이 오거나 200팀이 와도, 모든 음료를 서빙해 드린다. 진저보이를 찾아오신 손님이 온전히 공간을 즐기며 한 잔의 커피를 대접받는다고 느껴지도록 하기 위함이다. 서빙의 또 하나의 장점은 주문 후 음료가 나가는 시간을 바리스타가 조절할 수 있다는 것이다. 대신 서빙의 단점은 직원이 일일이 손님 테이블까지 갖다주어야 한다는 점이다. 실내 10개의 테이블과 마당 7개의 테이블에 직접 갖다주어야 하는 일은 체력적으로 힘에 부치는 일인데도, 일에 능숙해진 직원은 주문서에 자신만의 방법으로 손님의 특징을 암호처럼 기재하여 신속 정확하게 갖다준다.

서빙 시에는 코스터와 함께 음료를 놓아 드리고, 음료마다 드시는 법도 설명해 드린다. 크림커피는 빨대를 사용하지 말고, 컵을 들고 마시면서 처음에는 달고 쫀쫀한 크림의 맛을 느끼고 두 번째 모금부터 컵의 각도를 조절하여 진한 블랙커피와 크림을 같이 마실 수 있게 안내한다. 진저레몬에이드는 청을 충분히 넣었으니 살살 저어 드시고 추가로 드리는 탄산수를 보충해 드시도록 안내한다. 바로 착즙한 오렌지 주스는 얼음을 넣으면 쌉싸름해지기 때문에, 나중에 넣어 드시도록 안내한다.

오늘도 여느 때와 같이 음료를 내어 드리고 있었는데, 20대 여자 손님 한 분이 트레이를 반납하면서 빙그레 웃으셨다. 오픈 초기부터 친구들과 자주 오던 단골손님인데, 어머니께서 아프셔서 병간호 중이라던 배우 지망생 손님이었다. 얼굴은 웃고 있지만 이미 눈에는 눈물이 가득했다. 얼마 전 어머니를 하늘나라로 보내 드리고 제일 먼저 진저보이를 찾았다며 편안하게 쉬다 간다고. 그동안 너무 오고 싶었지만 여유가 없었다며, 마음 추스르면 또 오겠다는 말을 남기고 가는 뒷모습을 한참을 바라봤다.

2023년 3월 26일 일요일, 엄마

직원은 진저보이에 출근하는 날마다 기대되고 설렌다고 입버릇처럼 말한다. 사실 사장인 나조차도 매일 기대되고 설렘을 주는 곳이 바로 진저보이다. 단골 중에 한동안 오시지 못했을 때는 진저보이가 궁금해서 와 봐야 할 것 같다고도 하신다. 매출이 많았을 때는 내일은 더 많을 것 같은 기대감에 설레고, 매출이 적을 때는 오늘 오시지 않았으니 내일 오실 것 같은 생각에 기대되는 진저보이가 되고 있다. 엊그제 심은 수선화가 궁금하기도 하고 봉숭아 씨앗, 라벤더, 로즈메리 씨앗이 싹을 언제 틔울지도 궁금해하는 손님들 덕분에 진저보이는 조용하면서 웃음꽃이 피는 곳이다. 이런 설렘과 기대는 손님들에 대한 믿음과 신뢰가 있기 때문에 가능할 것으로 생각한다.

황사 때문인지 모래바람으로 인한 것인지 해는 떠 있지만, 공기도 탁하고 뿌옇게 보인다. 어제 토요일 몰려든 손님들로 인해 시장통처럼 보낸 터여서, 직원과 둘이 운영하는 것이 어려울 것 같아서 아들에게 도움 요청을 하였다.

일요일은 느긋하게 시작하는데 오늘은 아침부터 손님이 들어오신다. 12시 즈음부터 홀이 차기 시작하였고 쌀쌀한 날씨와 모래바람에도 아랑곳하지 않고 젊은 연인들이 마당에 자리를 잡는다. 잠시 후 16명의 단체가 마당에 자리를 잡았고, 이후 주문서가 다섯 장이 넘어가는데 하나둘 트레이 반납도 시작되었다.

주 2~3회 오시는 단골손님 팀의 음료가 나가자마자 손님들이 밖에서 대기 중이다. 그 모습을 본 단골들은 급히 마시고 일어서시며 자리를 양보하신다. 3년 차 직원, 공간을 만들고 3년 동안 운영도 도와주는 아들과 셋

이도 버거울 정도로 손님이 들이닥쳤다. 자리가 없거나 사람이 많으면 발길을 돌리기도 하는데 오늘은 끈기 있게 다들 기다려 주신다.

그러다가 문제가 생겼다. 서빙을 하던 직원은 얼음처럼 서 있었다. 안쪽 테이블로 가져던 음료를 중간에 다른 손님이 본인들 것이라며 낚아채 갔다는 것이다. 아들도 가서 수습하느라 주문하려던 손님들은 오래 기다려야 했고, 무슨 사정인지 몰라 밀려 있는 주문서대로 음료를 만들 수도 없는 상황이 되어 버렸다. 안쪽 테이블의 메뉴는 4개, 중간에 가져가신 테이블은 2개인데도 본인 테이블에 놓아서 수습하는 데 시간이 걸렸고, 무엇보다 안쪽 테이블에서 기다리던 손님은 더 오랜 시간 기다리셔야 했다.

진저보이의 서비스 철학이 한순간에 무너진 느낌이었다. 정신없는 상황 탓에 화장실 관리도 제대로 되지 않았고, 심지어 주문서 1개를 분실하여 한 팀은 1시간 가까이 기다려서야 음료를 받을 수 있었다. 올해 최고

의 매출을 올렸지만, 매출보다 초심을 잃은 서비스였다
는 것이 더 마음에 남는다.

진저보이에서의   봄

"몸은 천근만근이지만
마음은 상춘객마냥 들떠 있다."

2023년 4월 1일 토요일, 엄마

 햇살이 기가 막힌 봄날이다. 해미천의 벚꽃이 60% 정도 피어서 꽃봉오리와 어우러진 벚꽃이 더욱 아름답다. 해미천 벚꽃 축제가 다음주로 예정되어 있지만 다음주 중 전국적으로 봄비가 예보되어 있어서 오늘 상춘객들이 많을 것 같다.
 마당의 고장 난 의자를 보완해서 테이블마다 꽉 차게 의자를 놓았고 여분의 스툴을 10여개 쌓아 놓았다. 작년 벚꽃 시즌에 제빙기의 얼음으로 감당할 수 없어서 마트의 각 얼음을 싹 쓸어다가 사용했던 터라, 올해는 틈틈이 냉동고에 비축해 놓아서 든든한 마음으로 영업을 시작한다.

아니나 다를까 오전부터 진저보이의 홀과 마당은 만석이다. 점심 무렵이 되니 주문서가 10장이 넘었고 급기야 40분 이상을 대기해야 하는 상황임에도 손님들은 기꺼이 기다리신다. 앉을 자리가 없음에도 단 한 팀도 그냥 돌아가지 않고 주문한 음료가 나오기만을 기다리며 커피 바만 주시하고 있다. 많은 눈이 커피 바를 향하고 있으니 마음이 조급해지지만, 커피 크레마, 모양새, 마지막으로 청결 상태까지 꼼꼼히 점검한다. 대부분이 처음 오신 손님들이어서 주문을 받는 아들은 원두 설명부터 메뉴 안내까지 하느라 목이 남아나지 않을 정도다.

오후 3시부터 제빙기의 얼음이 동났고 비축해 둔 얼음을 사용해야 했다. 며칠을 냉동고에 있었던 얼음은 서로 뭉쳐져서 예쁘지도 않을뿐더러 너무 커서 매번 깨면서 사용해야 해서 시간이 더 걸렸다.

오후 4시까지도 손님은 계속 이어졌고 급기야 4시 30분부터 5시까지 브레이크 타임을 가져야 했다. 계속 주문을 받다가는 대기하는 손님도 커피 바도 마비가 될 지경이 되었기 때문이다.

30분 동안 주문받은 음료를 만들어 서빙하고 직원들은 커피 바 재정비를 하는 동안에도 대기 줄이 생기는 진풍경이 연출되었다. 입간판을 오픈으로 돌려놓자마자 10개가 넘는 주문서가 금세 다시 쌓였다. 충분히 준비했는데도 얼음, 오렌지, 크림 등 재료가 바닥이 나서 6시에 마감을 해야 했다.

4월 첫날 벚꽃 수혜를 톡톡히 본 진저보이다.

2023년 4월 2일 일요일, 엄마

토요일 전쟁 같은 하루를 보내서인지 몸은 천근만근이지만 마음은 상춘객마냥 들떠 있다. 출근할 때는 더는 못할 것 같다가도 카페에 오면 힘이 저절로 솟아난다.

출근하며 마트에서 얼음을 서너 봉지 사다가 냉동실에 쟁여 놓았다. 토요일 많은 사람이 다녀가서 오늘은 좀 살살하지 않을까? 하며 오픈 준비를 한다. 준비를 마치고 잠시 앉아 커피 한 잔을 테이블에 놓자마자 주차장으로 차들이 들어온다. 오픈 시간까지는 20분이 남았으며 서너 대의 차들로 나누어 타고 온 손님들이 서성이며 기다리지만, 아들은 오픈할 생각을 하지 않는다. 오픈 시간이 되어서야 영업을 시작하겠다고. 오늘은 날씨가 어제보다도 더 좋다.

멀리 통영과 진해에서 서해안을 따라 7명이 여행 중이라고 한다. 오자마자 크림, 블랙, 브레드를 주문하며 마당에 자리를 잡는다. 지금까지 먹어본 크림 중에 제일 맛있다며 통영에도 체인점을 하나 만들어 달라며 브레드를 연거푸 추가하여 드신다. 오늘도 심상치 않은 하루가 시작되었다. 손님들이 끊이지 않고 들어오신다. 한동안 보이지 않았던 오래된 단골들도 반갑게 인사를 하시니 더욱 기분이 좋아진다.

하루 종일 주문서 10장 이상씩 쌓여 있고, 홀과 마당이 만석이다. 아무리 많은 주문서가 쌓여도 커피와 음료는 맛있게 예쁘게 나가는 것을 중요하게 생각한다. 급하다고 바쁘다고 대충해서 드리게 되면 이 맛을 보려고 30분 넘게 기다린 건가? 라는 생각을 하게 될 수도 있기 때문에 바쁜 와중이지만 오래 기다리신 분들께는 사이즈업을 해 드리기도 하고 더 예쁘고 맛있게 드리기 위해 신경을 썼다. 오늘도 4시경에 브레이크 타임을 가졌지만 바로 손님들로 채워진다. 이제는 지쳐서 한마디도 하지 않는 직원들의 눈치가 보인다. 종일 물 한 모금 마시지 못하고 일하느라 고생들이다.

6시경 냉동고에 비치했던 얼음도 제빙기의 얼음도 모두 동나서 마감을 알렸다. 입간판을 돌려놓고 영업이 끝났음을 알렸지만, 손님들의 발길은 한동안 계속 이어졌다. 화장실 쓰레기통, 내·외부, 커피 찌꺼기 쓰레기통은 물론이고 음식물 쓰레기통은 이미 두 개째 넘쳐서 혼자서는 들 수 없는 무게가 되었다. 분담하여 마감 정리를 하고 내일 재료 준비를 하느라 8시가 넘어서야 하루를 마칠 수 있었다.

2023년 4월 3일 월요일, 엄마

이틀 동안 연속 강행군을 하였지만, 오늘도 오픈이다. 주말과 휴일 이틀 동안에는 직원 둘까지 셋이 운영하였지만, 오늘은 둘이서 운영해야 해서 바짝 긴장하며 오픈 준비를 한다. 주중이니 평소보다 조금 더 재료를 준비해 둔다. 그 어느 때보다 맑고 선선하여 산책하기 좋은 날씨. 이틀 동안 예상외의 매출을 올렸으니 살살 해야지 하고 마음을 먹었다.

10시 오픈과 동시에 손님들이 홀과 마당을 채운다. 주말에 오셨다가 손님들이 많아서 그냥 가셨던 단골손님은 도대체 이 집은 무엇을 더 넣기에 이렇게 사람이 많은 거냐며 농담을 건네신다. 오전 내내 손님들이 이어지더니 급기야 점심 피크타임에는 대기 줄이 생기기 시작했다. 직원과 둘이서는 벅찰 정도로 많은 사람이 홀과 마당, 출입구까지 꽉 차 있다. 나이는 어리지만 진저보이에서 3년째 일하는 직원도 흔들림 없이 주문을 받고 서빙을 하고 홀과 마당, 주방을 동분서주한다. 참으로 든든한 직원이다.

역시 오후 4시쯤 되어 브레이크 타임을 알리고 커피바 정리와 재료 준비를 하는데 10여 명의 손님이 카페에 쉬는 시간이 어디 있느냐며 주문받으라고 호통을 치시며 자리를 잡는다.

주방을 재정비하던 직원이 간신히 상황 설명해 드린 후 돌려보냈으나 이미 대기하시는 손님이 여러 팀 앉아 계신다. 브레이크 타임 없이 계속 손님을 받을 수도 있었으나 앉아 계신 손님도 새로 오시는 분들도 더 오래 대기하셔야 하고 음료의 질이나 서비스가 자칫 소홀해질 수 있어서 부득이 내린 결정이었다. 오셨다 가신 분들께는 죄송한 마음이지만 옳은 결정이라고 생각한다.

2023년 4월 4일 화요일, 엄마

　너덜너덜해진 체력으로 오픈 준비를 한다. 지난 사흘 동안 크림을 하루에 5통 이상 사용했지만, 오늘은 3통만 준비한다. 오후부터 비가 예보되어 있어서 이틀 동안 비바람에 일찍 만개한 벚꽃이 대부분 떨어질 것 같다. 올해 마지막 벚꽃을 즐기기 위해 찾은 사람들로 진저보이도 만석이다.

　며칠 동안 관광객들로 붐빌 것을 예상한 점심 단골들이 단 한 팀도 오지 않았는데, 오늘은 단골들의 얼굴이 보이니 안도감과 반가움이 교차한다. 점심 피크에 방문한 단골들은 대부분 공군부대, 인근 학교, 회사에서 방문한 손님들이기에 점심시간이 끝나기 전에 들어가야 해서 다른 날보다 더 빠르게 음료를 만들어야 했다. 흐린 날씨지만 마당에서 커피를 즐기는 손님들이 많다.

　작년 성수기에는 4월 초부터 수선화를 보기 위해 찾은 관광객들이 2주 정도 이어졌고 이후 벚꽃을 즐기러 오는 손님들이 4월 마지막까지 가득했는데, 이상 고온으로 수선화와 벚꽃이 한꺼번에 피어서인지 일주일 만에 벚꽃 성수기 시즌이 끝나는 듯해 아쉬운 마음이 크다. 그래도 해미천의 벚꽃 덕분에 더 많은 분이 진저보이를 찾아 주시니 여간 감사한 일이 아닐 수 없다.

며칠 전부터 건조한 날씨로 인근 지역에 산불을 끄기 위해 물을 실어 나르는 헬기 소리가 요란하게 들려왔다. 영업을 하는 입장에서는 비가 반갑지 않지만, 봄비로 가뭄도 산불도 잡힐 수 있으니 고마운 비 소식이기는 하다.

마당에 앉은 손님들이 한 팀 두 팀 실내로 들어오신다. 빗방울이 떨어지기 시작하기 때문이다. 준비해 둔 오렌지가 한 개도 남지 않았다. 대과 72개짜리 네 박스를 모두 소진한 것이다. 오늘도 6시 마감을 알린다. 비 소식도 있고 나흘 동안 쉬지 않고 일을 하여 내일은 휴무다.

2023년 4월 8일 토요일, 엄마

4년 만에 해미천 축제가 열리는 날이다. 차고 쌀쌀하지만 맑고 쾌청해서 산책하기는 좋은 4월의 날씨다. 기대를 하고 오늘도 가득하게 재료 준비를 해 둔다.

작년, 우연히 감탄이 저절로 나올 정도의 봉숭아꽃을 보게 되었다. 마침 아는 지인이 씨앗을 구해 주어 오늘 정성스럽게 씨앗을 심었다. 싹을 틔우고 잘 자라서 진저보이를 방문하는 손님들에게 즐거움을 줄 수 있게 되기를 바라는 마음도 듬뿍 담아 햇볕이 잘 드는 곳에 두었다.

카페를 운영하는 묘미 중의 하나는 계절마다 화분에 꽃과 식물을 심고 자라는 과정을 보는 것이다. 맛있는 커피를 추출하여 손님들께 드리고 그로부터 수입이 생기고 더불어 단골들과의 긍정적인 관계에서 오는 심리적 풍요로움은 그 무엇으로도 대신할 수 없는 행복감을 느끼게 한다. 내가 주인인 카페를 운영하지만 나 혼자만의 카페가 아님을 순간순간 확인한다. 혼자 보기 아깝다고 화분도 들고 오시고 구근, 씨앗을 주시기도 하고 체력 보강하여 오래도록 카페를 잘 운영하라고 영양제며 간식, 들기름, 나물거리도 갖다 놓고 가신다. 예전 시골 마을에서 있었던 일들이 진저보이에서 늘상 있는 일이 되고 있다.

오전부터 진저보이의 홀과 마당은 만석이다. 맑은 날씨에 햇빛을 즐기려는 손님들은 마당에 자리를 잡고 여유 있게 커피를 마신다. 홀과 마당이 만석이지만 바쁘지는 않은 주말이다.

그러다가 20명이 넘는 단체가 예약한다. 주말이나 휴일에 단체 예약은 가능한 한 받지 않으려고 하였으나, 마당을 비워 주기로 하고 예약을 받았다. 단체가 오게 되면 다른 손님들이 단체 손님들 때문에 불편하거나 소외감을 느낄 수도 있기 때문에 더욱 신경이 쓰인다. 단체가 오기 전까지 마당에 앉고 싶어 하는 분들께 양해를 구해야 했고 마당은 비워져 있고 홀은 만석인 상황에서 들어오시는 손님들에게도 일일이 설명을 해야 했다.

그냥 가시는 손님들을 보며 미안한 마음과 아쉬운 마음이 교차하였다. 단체 손님들이 자리를 잡고 테이블마다 주문서를 받아서, 음료를 만들어 서빙하는 도중에 홀 손님들의 주문서와 섞이는 일이 발생하기도 했다. 덕분에 커피 바는 대혼란의 시간을 보냈다. 마당에는 테이크아웃잔, 홀은 머그잔과 유리잔으로 서빙하므로 트레이 세팅부터 집중해야 했다.

2023년 4월 11일 화요일, 엄마

새벽부터 바람 소리가 요란하다. 봄을 시샘하는 봄바람이 전국을 강타한다는 예보가 있어서 어제 마당의 모든 집기를 바람에 날아가지 않도록 묶어 놓기도 하고 실내로 들여놓기도 하였지만, 걱정이 되었다. 출근하는 중에 차가 흔들릴 정도로 바람이 강하게 불었다. 간신히 붙어 있었던 꽃잎들조차 이 정도의 바람이라면 하나도 남아 있지 못할 것 같았다.

작년 한 달 동안 이어졌던 벚꽃 성수기가 무색하게도, 올해는 기온 상승으로 꽃이 일찍 피었다가 일찍 져버렸다. 성수기가 너무 짧게 끝나서 아쉬움이 크지만 그래도 열흘 동안 정말 많은 분이 진저보이를 찾아 주어서 위안이 된다.

오픈 준비를 하는 내내 강한 바람으로 대나무가 꺾여질 듯 흔들리고 있어서 파라솔도, 테이블도 세팅하지 못하고 있다. 수도를 덮는 아크릴 박스도 실내에 있어서, 수도꼭지가 그대로 노출된 모습에 마당이 휑하고 썰렁해 보이기까지 하다. 시간이 지나면서 바람이 잦아드는지 체크해 파라솔을 펼칠 준비를 한다.

3년 동안 운영하면서 느낀 것은 사람들이 같이 움직인다는 것이다. 모두 서로 연락해 '오늘은 진저보이 가는 날'로 정하고 오시는 것 같다고 가끔 직원은 말한다.

장마철이거나 3일 이상 비가 오는 날이 이어지면 비오기 시작한 첫날은 손님이 뜸하다. 그러다가 3일째쯤 되면 집에 있기도 답답하고 약속도 더는 미루지 못해서

인지 손님들이 많이 오신다.

　사람도 날려버릴 것 같은 강한 바람을 뚫고 손님들이 들어오시니 여간 고마운 일이 아닐 수 없다. 점심시간에 홀이 만석이 되었고 서너 팀이 추가 주문을 하시며 커피가 정말 맛있다고 하신다. 추가 주문을 하면 맛을 인정받는 것 같아서 기분이 좋아진다.

　시간이 갈수록 날씨는 흐려지고 어둡기까지 하지만 진저보이는 다른 날보다 더 고즈넉한 분위기다. 카페 오픈을 준비 중이라는 연인은 카페 영업에 대해 이것저것 물어보기도 하고 본인들이 준비 중인 카페 콘셉트를 공유한다. 시작 전이라면 말리고 싶었지만 이미 인테리어 공사 중이라고 하니 잘되길 빌어 주었다.

2023년 4월 12일 수요일, 엄마

　안정을 찾은 날씨에 파라솔을 펼쳐 놓은 마당은 햇빛

을 받아 더욱 아늑하게 보인다. 날씨에 민감한 진저보이다. 바람이 부는지, 비가 오는지 햇빛이 강한지에 따라 재료 준비도 달라지고 홀 안팎에 챙겨야 하는 것도 각기 다르기 때문이다. 햇빛이 좋고 기온이 올라가면 관광객이 많이 오고 흐리거나 비가 오면 단골손님이 많이 오신다. 황사가 있지만, 관광객들의 발길이 이어진다.

황사가 심한 날에는 카페가 아무리 실내라도 청결에 특히 신경 쓴다. 나는 어느 정도 결벽증이 있기도 하고 위생과 청결은 사장의 자존심이기도 하기 때문이다. 이중, 삼중으로 씻고 닦고 직원과 크로스 체크를 하는데도 가끔은 잔에 얼룩이 묻어 있거나 이물질도 발견되어 긴장을 늦추거나 한순간도 소홀히 할 수 없게 된다. 출입문과 가까운 커피 머신을 더 자주 닦기도 하고, 트레이나 잔들에 먼지나 모래가 붙지는 않았는지 열심히 보게 된다.

머신 주변을 닦는 용도의 갈색 젖은 행주, 라떼 스팀바에 두는 젖은 흰색 행주, 그라인더를 닦기 위한 갈색 마른행주 3장이 필요하다. 주방에서는 회색 색 행주를 사용한다.

설거지를 마친 유리컵 등의 물기 제거는 마른 리넨을 사용한다. 성수기나 주말에는 10장이 넘는 리넨이 필요하기도 하고 갈색 행주도 하루 10장 이상을 사용할 때도 있다. 손님이 트레이를 반납하면 설거지를 한 후 마른 리넨으로 물기를 제거하고, 혹시 모를 특유의 냄새가 나지 않도록 수 분 동안 내버려둔 후 사용해야 한다. 그런데 바쁠 때는 무조건 새 리넨으로 닦아 쓰는 것밖에 방법이 없다. 리넨을 매일 삶아 사용하다 보니 금방 낡아서, 유리컵을 닦았을 때 미세한 리넨 먼지가 남아 자주 갈아주어야 한다. 주방과 커피 바에 설거지가 아무리 많이 쌓여도 용기나 주변의 물기 제거를 중요하게 생각한다. 처음 일하는 직원들이 가장 많이 듣게 되는 잔소리가 물기 제거이다.

삶은 행주와 리넨은 다음날 해가 났을 때 다시 한번 햇빛으로 말려서 사용한다. 오픈 초반 행주를 많이 짜다 보니 손가락과 손목이 아파서 아침이면 손가락이 구부려지지 않을 때도 있었다. 시간이 지나면서 익숙해지기도 하였고, 주 2~3회 손 마사지 후 스팀 타월로 찜질을 하는 습관을 들였다. 또 아침에 눈을 뜨면 손가락을 오므렸다 폈다 하는 운동을 수없이 하여 부드럽게 한 후 기상하는 습관을 갖게 되었다.

손님이 나간 후 테이블은 일회용 스카트 위생 행주를 사용한다. 하루 많게는 실내외용 각각 2~3장을 사용하기도 한다. 테이블은 미산성차아염소산수 원료인 소독제를 뿌린 후 마른행주로 닦는다. 황사 시즌에는 하루에도 몇 번씩 실내외 테이블을 닦는다.

매일 카페에서 보내는 터라 나와 비슷한 연령대의 손님이 오시면 여유 있는 모습이 부럽기도 하고 보기도 좋다. 오후 들어 인근 대학에 다니는 학생들이 홀을 채워서 따뜻하면서도 활기가 가득하다. 삼삼오오 사진을 찍으며 즐거워하는 모습을 보면 보람도 있고 기분도 좋다.

오늘은 주황색 백합을 심었다. 마당에 앉으시는 손님들의 시선이 테이블의 화병, 하늘, 대나무 그리고 소소하게 보이는 꽃들에 닿으며 힐링을 할 수 있기를 바라는 마음에서다.

성수기인 4월은 매일 재료들과 비품들 주문을 하게 된다. 바쁜 시간에 주문하는 경우 실수를 하지 않기 위해 바짝 긴장하며 집중한다. 날씨가 더워지면서 에이드를 주문하는 손님들이 늘고 있어서 며칠 전 탄산수를 대량 주문하였더니 오늘 도착하였다. 아뿔싸, 플레인이 아닌 라임 탄산수로 10박스가 배송되었다. 택배기사님은 무거운 상자들을 출입문 앞에 산처럼 쌓아 놓고 가신다. 반품비가 더 들 정도여서 탄산수를 그대로 쌓아놓은 채 에이드를 만들어 시음해 본다. 여름철이라 톡쏘는 맛이 오히려 청량감을 준다는 직원의 의견에 그대로 창고로 옮겨 놓는다.

2023년 4월 15일 토요일, 엄마

4월도 반이 지나갔다. 벚꽃 시즌에 많은 분이 진저보

이에 오셔서 즐거워하시고 커피도 마시고 편안하게 머무르다 가셔서 보람 있고 뿌듯한 2주를 보냈다.

오늘은 잔뜩 흐린 하늘에서 금방이라도 비가 올 것 같은 날씨다. 2주 동안 많은 에너지를 쏟아서인지 체력이 고갈되어 이전처럼 기운이 나지 않는 지경이 되었다.

장사는 계절과 날씨와 사회경제 상황 등 여러 가지 변수로 매출이 롤러코스터를 타기 때문에 잘될 때 더 열심히 해야 하지만, 실제 상황에 놓이게 되면 생각한 대로 되지는 않는다. 방문하시는 손님을 다 받으려면 직원이 한 명 더 필요한데 바쁜 시즌에만 직원을 더 채용할 수도 없는 노릇이기도 하다. 그래서 잘 버텨주는 직원이 고맙게 생각된다.

새별이는 지금까지 3년 동안이나 나와 함께 진저보이를 운영하고 있는 직원이다. 이전에 근무했던 직원들은 최소 2, 30분의 통근 시간이 있었는데, 새별이는 해미에서 태어나고 자란 토박이로 집에서 카페까지 걸어서 5분밖에 걸리지 않는다. 게다가 청결하고, 주문서가 10장이 넘어도 단 한 번의 실수 없이 서빙 하는 것은 물론이고, 손님이 아무리 많이 들이닥쳐도 평정심을 잃지 않는다.

점심 피크 시간부터 비가 오기 시작한다. 봄부터 손님들은 마당이 꽉 차도록 앉아서 바람과 하늘과 대나무를 보며 커피를 즐기지만, 오늘은 홀만 사용해야 해서 오셨다가 그냥 가시는 분들이 더 많은 것 같다.

점심나절까지 비가 쏟아지더니 오후 2시경부터 비는 그쳤지만, 마당의 테이블과 의자에 빗물로 앉을 수 없는 상황이다. 서울에서 오셨다는 손님 5분이 의자와 테이블을 직접 닦으신다.

직원이 방석을 깔아 드리자 마당에 자리를 잡는다. 고마운 마음에 브래드를 서비스로 드렸더니 즐겁게 커피를 드시고 커피 바까지 오셔서 맛있게 먹고 간다고 인사를 하신다.

여자 손님이 살며시 오시더니 커피를 그리 좋아하지 않아서 카페에 가도 돈이 아깝다는 생각을 하는 편인데, 진저보이 커피는 돈이 아깝지 않다고 말씀하신다.

비도 오는 습한 날씨에도 진저보이는 저녁까지 커피를 드시러 오시는 분들로 바쁜 하루를 보낸다. 직원도 나도 바닥이 된 체력으로 일찍 마감을 서두른다.

2023년 4월 17일 월요일, 엄마

평소보다 늦은 8시 30분 카페에 도착하니 출입문 앞에 우유 1박스, 생크림 25개가 놓여 있다. 진저보이를 오픈할 때부터 해미 인근 고북에 위치한 서울우유 대리점에서 우유와 생크림을 공급받고 있다. 가장 신선하기도 하고 안정적으로 받을 수 있기 때문이다.

늦은 가을과 겨울 추운 날씨에는 라떼에 잘 어울리는 원두 덕분에 따뜻한 화이트커피의 매출이 높다. 시그니처 메뉴인 크림커피는 항상 커피 음료 매출의 40%를 차지하여 계절에 상관없이 생크림을 많이 사용하고 있다. 1월, 2월 명절이나 특별한 행사가 없으면 1주일에 우유는 1L 16개 2~3박스, 생크림 500mL 30~40개 정도를 사용한다. 봄이나 여름 성수기에는 주 50개의 생크림을 사용하기도 하지만 매년 생크림 공급이 불안정하여 미리 주문을 넣어 확보해 놔야 한다. 2022년 2회의 우윳값 상승을 겪으며, 카페 운영에 우유와 생크림의 효율적인 사용이 필요함을 피부로 느낀다.

따뜻한 화이트커피나 따뜻한 모카커피의 경우 충분한 양의 우유로 스팀을 해야 실키하면서도 풍부한 거품을 낼 수 있어서 포트에 남는 우유를 줄이려고 노력하지만, 우유량이 적으면 긴 시간 동안 신경을 쓰며 스팀을 해야 해서 바쁠 때는 버려지는 우유도 상당하다. 겨울 동안 우유 대금은 대략 70~80만 원, 여름은 100만 원이 훌쩍 넘어가기도 한다.

음료용 생강은 해미 청년 농부로부터 일 년에 1회 구매한다. 만들어 둔 생강청이 부족하면 서산지역에서 생산된 생강으로 만든 청을 가끔 구매하여 사용하기도 한다. 주스용 오렌지, 음료용 레몬, 화장실 휴지와 일회용 행주, 세제, 탄산수, 전용 쓰레기봉투, 손님들께 제공하는 생수 등은 코스트코 온라인 쇼핑몰을 이용하여 대량 구매한다. 아포가토용 아이스크림은 오픈 초반 일주일 분씩 주문하였으나 코로나로 항공편이 불안정적이어서 수입과 통관이 원활하지 않을 때도 있었다. 그래서 이제는 한번 구매할 때 50통에서 100통씩 대량으로 구매한다. 수입 아이스크림이라 수급이 불안정할 때도 있어서 미리 구매해 놓으려 한다.

테이크아웃 용품들은 인터넷사이트를 통해 필요시마다 주문하여 사용한다. 커피 머신 클리너, 클리너 솔, 냅킨, 샷 잔, 행주 등은 커피용품 전문 온라인 쇼핑몰인 메가커피에서 구매한다. 친환경 빨대는 디앙에서 구매하여 사용하고 있다. 핸드타월, 핸드워시, 데코용 로즈메리, 타임 생잎 등 소모품도 주기적으로 주문해야 한다. 구매 품목도 많고 다양하여 매일 재고를 확인 후 주문을 넣어야 부족함 없이 사용할 수 있다.

그 외 지출할 것들도 많다. 전기료, 수도료, 인터넷, 포스 사용료, 보안업체, 화재보험, 4대 보험 등의 공과

금도 매달 나가고, 직원 급여 등 세무 일을 처리해 주는 비용도 나간다. 3년 전 카페 오픈을 준비할 때는 세무와 관련하여 아는 것이 전혀 없었다. 17년째 해미에서 자영업을 하는 중학교 친구로부터 지금의 세무회계 사무소를 소개받아 도움을 받고 있다.

매달 직원 급여 산정, 소상공인 이슈에 관한 정보를 받고 코로나 시기에는 연 2회, 현재는 2회의 예납 포함 4회의 부가세, 5월 종합소득세, 기장 업무 전반을 세무사무실에서 맡아 해준다.

주로 현금 지불이었던 예전과 달리, 결제에 신용카드, 금융사의 페이 서비스, 현금을 사용하는 경우 모두 90% 이상이 현금영수증을 요구하기 때문에 POS기 번호만 세무사무실에 알려 주면 따로 서류를 준비할 것도 없다. 자영업자도 직장인들과 크게 다르지 않은 유리 지갑이 되었다. 부가세 납부를 위해 매출이 발생하면 10%씩 다른 계좌에 저축해 놓으라고는 하지만 쓰기에 바쁜 상황이라 세금 내는 달에는 긴장을 늦출 수 없게 된다.

직원과 둘이서 종일 바쁜 휴일을 보내는 날이면 많을 때는 매출 100만 원을 넘기고 보통은 70~90만 원 정도의 매출이 발생한다. 많게는 200잔, 적게는 150잔이 나간다는 뜻이기도 하다. 바쁜 주말이면 하루에도 몇 번씩이나 파트타임이라도 더 채용해야 할까 하는 생각이 백만 번쯤 뇌리를 오고 간다.

맑고 청명한 날씨이지만 점심 피크도 없을 뿐 아니라 직장인 손님이 딱 한 팀뿐이다. 비 온 다음 날 보통은 손님이 많은 편인데 오늘은 정말 손님이 없다. 바쁘게 돌아가던 커피 바도 아주 여유가 넘친다. 직장인도, 단골도, 관광객들도 보이지 않는 월요일이다.

2023년 4월 19일 수요일, 엄마

진저보이의 메뉴는 커피 5가지, 음료 3가지로 총 8개다. 오픈 초반 바닐라 라떼, 캐러멜 마끼아또, 녹차 라떼를 찾는 손님들은 단출한 메뉴판 앞에서 당황해하기도 했다.

블랙이라고 표시된 메뉴는, 일반적으로 사람들이 찾는 아메리카노다. 따뜻한 블랙커피는 서빙 시 얼음 세 조각과 따뜻한 물을 함께 내어, 농도와 온도를 개인별로 조절하여 드시도록 안내한다. 블랙 아이스는 주문 시 '진하게', '기본', '연하게' 중 선택하도록 한다. 테이크아웃은 14온스와 16온스 두 가지 사이즈로 제공한다.

화이트라고 표시된 메뉴는, 라떼다. 진저보이에서 사용하고 있는 댐굿 원두는 묵직한 바디감 덕분에 우유가 들어가는 커피 메뉴에 최적화되어 있다. 바닐라 라떼를 즐기시는 분들에게 에스프레소 상태에서 설탕을 넣어 단맛을 내어 드리면 설탕이 서서히 녹으면서 마지막 한 모금까지 맛있게 드실 수 있어서 추천하기도 한다.

블랙과 화이트는 평균적으로 꾸준히 나가지만, 크림커피는 성수기 월 1,200~1,400잔, 비수기 월 600잔 이상 나가는 진저보이의 시그니처 커피이다. 진한 블랙 아이스 베이스에 크고 단단한 얼음 8개를 넣고 쫀쫀하게 휘핑한 크림을 얹은 후 mass44 초콜릿 파우더를 뿌리면 특유의 에스프레소 향으로 크림의 풍미가 더해진다.

크림은 하루 4L 정도를 준비해 두고 부족할 때마다 추가로 만들어 사용하기도 하고 어떤 때는 남기도 하여 버려지는 때도 있다. 남은 크림을 다음 날 사용하지 않는 철칙은 3년 동안 변함없이 사랑을 받고 있는 비결이기도 하다. 크림의 쫀쫀함을 유지하기 위해 주문이 들어올 때마다 휘핑하여 똑같은 점성과 농도가 되도록 신경을 쓴다. 하루 100잔이 나간다면 100번을 휘핑하여 크림만을 고집하는 단골손님, 소문 듣고 크림을 찾는 손님들에게 한결같은 맛으로 보답한다. 이렇게 매번 하다 보니 고장 난 핸드블렌더만 해도 15개가 된다.

오픈 초반 크림 메뉴가 손님들의 인기를 끌기 시작하였고 서산, 해미에서는 진저보이가 크림커피 유행을 선도하게 되었다. 이후 아인슈페너를 주메뉴로 하는 카페가 늘기 시작하였지만 진저보이 크림의 인기는 여전하다.

2년째 일주일에 두 번 이상 오셔서 크림커피를 테이크

아웃하시는 단골손님은, 아예 20잔을 미리 결제하신다. 진저보이가 생기기 전에는 서울에서 사다가 먹었을 정도로 크림커피를 좋아하는데 서울에 가지 않아도 되어, 왕복 40분 거리임에도 기꺼이 오게 된다고 하신다. 어쩌면 나보다 더 크림커피의 맛을 잘 아는 분일 것이다. 이런 단골 분이 계시기 때문에 처음 드셨던 커피 맛으로 보답하기 위해 신선한 생크림, 재료의 정확한 계량, 그때그때 크림을 만들어 드리는 수고를 마다치 않는다.

날씨가 추울 때는 따뜻한 차로, 기온이 올라갈 때는 에이드로 나가는 진저레몬은 진저보이의 시그니처 음료이다. 생강은 매년 가을에 1회만 담그지만, 레몬은 한 번에 한 상자 120개 정도를 사용하며 성수기에는 한 달 2~3회 담그기 때문에 번거롭기도 하고 정성과 시간도 많이 든다. 생강청은 오래될수록 맛이 있지만, 레몬청은 2주~1달 정도 숙성되었을 때가 가장 맛있다.

레몬은 물로 대충 씻은 후 손바닥에 한 개씩 놓고 굵은소금으로 박박 닦는다. 120개이니 120번을 똑같은 방법으로 레몬 표면에 스크래치를 내듯이 문지른다. 소금 기를 씻어낸 후 끓는 물에 20~30초 정도 열탕을 한다. 열탕을 한 레몬은 매우 미끄러워서 집히지 않을 정도로 코팅제가 녹아서, 열탕 하고 난 후의 물은 기름이 둥실둥실 떠 있는 것이 보일 정도다. 열탕 한 레몬은 찬물에 잠시 담갔다가 다시 베이킹 소다로 한 개씩 문지른다. 이후 깨끗이 씻어 물기를 제거한 도마, 칼, 용기를 끓는 물로 소독한 후 3~4mm의 두께로 씨를 제거하며 슬라이스 한다. 15kg 용량의 백설탕을 한꺼번에 구매하여 비용을 절감하기도 한다. 레몬 1, 설탕 1의 비율로 담근 후 설탕이 다 녹을 때까지 밀봉하여 내버려둔 후 겨울에는 2~3일, 여름에는 하루 정도 지난 후 용기에 담아서 냉장 보관한다.

진저레몬티는 생강청 3 TS, 레몬청 1 TS에 끓는 물, 레몬에이드는 생강청 4 TS, 레몬청 4 TS에 탄산수를 넣고 레몬과 허브로 데코하여 서빙한다. 진저레몬티에는 청으로 담근 것과 생레몬 두 조각이 들어간다. 때때로 어르신이 오시거나 더 진하게 원하시는 분들께는 생강

청을 추가하여 드리고, 어린이는 생강청을 뺀 레몬 티,
레몬에이드로만 나가기도 한다. 여름에 폭발적으로 많
이 나가는 진저레몬에이드는 잔에 붓고 난 탄산수를 함
께 서빙하여 보충해서 드시도록 한다.

2023년 4월 20일 목요일, 엄마

진저보이에는 펌프질하여 사용하는 시럽이 없다. 단
맛을 내는 기본 시럽, 바닐라 향 시럽, 헤이즐넛 시럽
등 시럽 자체가 없다.

처음 가게를 준비할 때 아들이 시럽을 갖춰 놓지 말
고 했을 때 의아하고 황당하기까지 하였다. 카페 셀프
바에 당연히 있어야 하는 것이 시럽이 아닌가. 게다가
달달한 바닐라 라떼에 익숙한 사람들이 얼마나 많은데
시럽이 없다니.

커피 본연의 맛을 좋아하는 커피 애호가들이야 단맛
을 좋아하지 않겠지만, 카페에 커피 애호가들만 오는

것은 아니므로 시럽은 필수적으로 갖추어 놓아야 한다는 생각인데, 그 흔한 시럽을 놓지도 말고 사지도 말라는 아들이 도저히 이해가 되지 않았다. 커피 전문가가 내려주는 드립 전문 카페도 아니고 오픈을 하고 나서 역시나 시럽을 찾는 손님들은 기분 나쁜 표정까지 지으며 노려보기도 하였다.

조율 끝에 5g짜리 설탕을 갖춰 놓기로 하였다. 지금 5g 설탕은 진저보이에 또 다른 맛을 선물하는 효자가 되었다. 어른들이 오시면 백발백중 단맛을 찾으시기 때문에 주문 시 커피는 단맛을 좋아하는지를 묻는다. 설탕을 미리 녹여서 음료를 만들기 때문이다. 설탕을 녹여서 만드는 과정이 다소 번거롭기도 하지만 장점도 아주 많다.

나중에 시럽을 넣고 젓는 것보다 크레마나 모양이 흐트러지지 않고 화이트 핫의 경우 에스프레소에 설탕을 녹인 후 라떼 아트를 만들기 때문에 아트가 그대로 유지되기도 한다. 또한, 설탕은 커피를 먹는 동안 서서히 녹아서 마지막 남은 한 모금의 커피가 가장 맛있다는 손님도 있을 정도로 역할이 크다.

진저보이에서 파는 디저트는 진저브레드와 진저청크 초코쿠키 두 가지이다. 메뉴를 정할 때 디저트는 가능한 한 간소하게 하려는 계획을 세웠다. 다만 진저보이에서만 먹을 수 있는 디저트를 생각하려고 했다. 이전에 스타벅스에서 진저케이크가 판매되었지만 투박한 한옥에도 잘 어울리고 독특한 맛이었으면 좋겠다고 생각하던 끝에 외국 사이트에서 레시피를 찾았다.

레시피대로 열 번 스무 번도 넘게 시도하였으나 원하는 모양, 식감, 맛이 나지 않았다. 베이커리를 해본 적도 없는 비전문가가 레시피만으로 원하는 결과물을 기대한다는 것은 어불성설이었다. 오픈을 하고 나서도 완성된 진저브레드는 나오지 않았다. 시제품으로 손님들에게 서비스로 드렸을 때 처참한 피드백에 쥐구멍을 찾고 싶을 정도로 창피하기도 했지만 원하는 결과물이 나올 때까지 수십 번을 거듭한 끝에 지금의 브레드가 나올 수 있었다. 그즈음부터 손님이 폭발적으로 많아져서 베이커리는 전문가에게 레시피를 주고 의뢰를 하게 되었다.

진저브레드는 거칠지만 고소하고 혀로는 생강 맛이 나고 마지막은 시나몬 향이 감싸준다. 브레드 위에 얹은 달지 않은 100% 우유 생크림으로 부드럽고 풍미가 독특한 맛을 느낄 수 있다. 손님들에게 맛있지는 않지만 풍미가 독특하고, 부드럽지는 않지만 식감이 좋아서 블랙이나 화이트와 잘 어울린다고 소개한다. 간혹 시그니처인 크림과 함께 주문하려는 손님들에게는 점성이 다르지만 같은 생크림이 올라가기 때문에 추천하지 않는다고 말씀드린다. 이처럼 손님들이 가능한 한 커피, 음료와 디저트를 함께 먹었을 때 만족감을 느낄 수 있도록 안내해 드린다.

2023년 4월 21일 금요일, 엄마

2022년 당시, 10개월 동안 진저보이에서 일했던 직원이 온다는 연락을 받았다. 진저보이에서 일을 도와주었던 직원들이 여러 명 있지만, 단연 일을 가장 잘했고 진저보이 커피를 너무나 사랑해 주었던 기억이 오래 남았다. 일머리가 뛰어나고 인성이 훌륭하여 10개월 동안 믿고 일을 맡길 수 있었다. 이 직원과 일하는 것 자체로도 즐겁고 행복한 일이었다. 힘든 내색도 전혀 하지 않고 임신 8개월 차까지 진저보이에서 일을 해준 고마운 직원이다. 게다가 마음도 얼굴도 아주 예뻐서 존재 자체로 빛이 났다. 남편의 직장 발령으로 해미에서 3시간 거리로 이사 가서 아기를 출산했다는 소식을 전해주더니 이제 3개월 된 아기와 방문한 것이다.

5개월 만에 온 직원은 정말 그리웠다며 커피 3잔을 맛있게도 먹는다. 보통은 전 직장에 다시 오고 싶다는 생각을 하지 않을 것 같고, 본가도 모두 경기도여서 이곳 해미까지 올 일도 없었을 텐데 아기와 함께 와준 고마운 직원이다.

금요일은 비교적 손님이 적고 조용한 편인데 12시를 넘어가면서 7명, 8명의 단체가 계속 들어온다. 20여 분 만에 홀이 만석이 되었고 맑은 날씨에 마당에 자리하고 기다리시는 손님들로 가득하다. 주말이나 휴일에는 종일 손님들이 들어오는 반면 주중에는 12시~2시까지 절정이기 때문에 성수기 휴일보다도 더 바쁠 때가 있다.

주문서는 두 줄이 됐고 커피 바는 아수라장이 되었다. 그 와중에 9명의 단체 손님이 두 개의 카드로 나누어 결제하고 포인트 페이 사용을 해달라고 요구하여 직원이 오랜 시간 포스기 앞에 있으니 주문서가 줄어들지 않는다. 3시가 되자 홀에는 다시 1~2팀의 손님이 남아있고 직원과 늦은 점심을 한다.

2023년 4월 25일 화요일, 엄마

오늘 진저보이를 개시해 주신 첫 손님은 진저보이를 처음 방문하신 손님이셨는데, 들어오시자마자 한참이나 두리번거리며 메뉴판을 찾으셨다.

진저보이의 메뉴판은 가로 10cm 세로 20cm 직사각형의 주황색 아크릴 재질로 만들어, 계산대 앞에 놓아

두었다. 보통 주변 프랜차이즈 카페는 계산대 뒤쪽 벽면 상단에 메뉴판을 설치하기도 하고, 개인 카페의 경우 모니터를 이용하거나 종이에 프린트된 메뉴판을 이용한다. 아주 작은 사이즈의 아크릴에 메뉴가 세로로 쓰인 메뉴판을 처음 접했을 때 나도 당혹감을 감출 수 없었다. 메뉴도 많지 않은데 크기도 작아서 초라하게만 보였다. 처음 오신 분들은 대부분 메뉴판부터 찾느라 분주하시다.

관광지의 특성상 단체 손님도 많이 오시고 특히 가족 단위 팀이 많은 편이다. 한 팀이 10명, 20명이 되기도 하는데 작은 메뉴판으로 모두에게 메뉴를 전달하는 것은 불가능할 뿐더러, 메뉴를 고르기 위해 많은 인원이 계산대 앞에 서 계신다면 좁은 홀은 아수라장이 된다. 그럴 때 직원이나 사장인 내가 메뉴판을 들고 직접 자리로 가서 메뉴 설명과 함께 주문을 받기도 한다.

진저보이를 오픈할 때, 가장 신중을 기한 것이 이 메뉴들의 가격 책정이었다. 사용하는 원두, 재료 및 부재료들의 원가를 고려하면 결코 낮은 가격을 책정할 수 없었다. 프랜차이즈 카페의 아메리카노가 1,500원에서 3,500원인 것에 비해, 진저보이는 블랙커피가 4,500원, 시그니처인 크림커피가 6,000원이었다. 비싼 가격 이상의 서비스를 해야 한다는 부담감도 있었다.

진동벨을 사용하지 않고 직접 테이블까지 서빙을 하고 생수를 제공한다거나 음료 주문 시 추가 비용을 받지 않고 커피를 더 진하게 만들어 주는 서비스를 제공하는 등 고객 만족에 더 힘을 쓰기도 하였다.

2021년 코로나로 인한 경기 침체와 물가 상승으로 주변 카페, 음식점들이 가격 인상을 하였으나 진저보이는 처음의 가격을 고수하였다.

2022년 우유 가격이 2회 인상되었다. 게다가 가을부터 봄까지 1개에 1,400~1,600원 하는 오렌지 4개를 착즙해야 얼음 없이 잔 끝까지 한 잔을 만들 수 있는데, 재료비만 얼추 6,400원이었다. 인건비, 전기료, 용기 비용, 부가세를 고려하면 마이너스였다. 이때 처음으로 기본 블랙커피와 시그니처인 크림을 제외하고, 우유를 베이스로 하는 화이트커피, 모카커피, 초코 음료와 오렌지 주스 가격을 인상하였다.

가격을 올리고 나서 좋지 않은 경기와 천정부지로 치솟는 물가로 예민해져 있는 손님들을 자극한 것이 아닐까 하는 불안감으로 잠도 오지 않았다. 고객들의 블로그에 이전 가격의 메뉴판 사진이 올라가 있던 터라, 블로그를 보고 방문하는 손님들이 인상된 가격을 보고 발길을 돌리지는 않을지 몇 주간은 노심초사 손님 반응을 살펴야 하기도 하였다.

2023년 5월 2일 화요일, 엄마

조만간 진저보이를 오픈한 지 3주년이 된다. 이렇게 시간이 지나감이 느껴질 때 혹은 매출이 저조하거나 매너리즘에 빠졌다고 생각했을 때 '메뉴를 추가하면 어떨까.'라는 생각을 한다. 진저보이에 잘 어울릴만한 메뉴

여야 하고 다른 카페 메뉴와는 차별성이 있는 것이어야 한다는 생각에 메뉴 추가에는 신중해야 했다.

오픈 첫해 가을부터 이듬해 겨울까지 팥죽을 만들어 판매하였다. 팥죽은 카페를 하게 되면서부터 꼭 시도해 보고 싶은 메뉴였다. 관성상회 사장님은 정말로 세상에서 제일 좋은 팥을 구해서 주셨고 매일 일정량의 팥죽을 만들어 한정 판매하였다. 푹 삶은 팥을 으깬 후 체에 걸러서 수분쯤 내버려 둔다. 관성상회에서 구매한 찹쌀은 30분쯤 불린 후 믹서에 거칠게 갈아 놓는다. 이후 내버려 두었던 팥물의 윗부분만 붓고 갈아 놓은 팥과 함께 저으면서 끓인다. 찹쌀이 반쯤 익었을 때 아래에 가라앉은 걸쭉한 팥물을 붓고 저으면서 찹쌀이 익을 때까지 끓인다. 찹쌀이 다 익어서 점성이 생기면 굵은소금과 약간의 설탕을 넣고 간을 맞추어 놓는다. 마지막으로 설탕, 잣, 대추와 함께 놋그릇에 담아 서빙한다.

팥죽을 드신 분 중에는 이후 한 번에 세 그릇을 주문한 분도 있고 멀리서 팥죽을 드시러 오는 손님도 있을 정도로 사랑을 받았으나, 팥죽을 만드는 인력도 체력도 안 되어 지금은 중단하였다. 꼭 다시 해보고 싶은 메뉴 중 하나이다.

생강 레몬 마들렌은 오픈과 동시에 출시하였었던 디 저트이다. 설탕에 절인 생강과 생레몬 껍질을 다져 마 들렌 반죽에 넣고 직접 구웠다. 생강과 레몬이 씹히면 서 터져 나오는 향과 맛이 일품이었으나 역시 시간과 인력 부족으로 중단하게 되었다.

마카롱은 직접 만들 수 없어서 전문업체에 OEM을 주었다. 프랑스에서 마카롱을 배워서 전문적으로 하는 서울 소재 업체에 의뢰하여 2022년 1년간 판매하였다. 특히 레몬 생강 맛과 우리가 사용하는 원두로 만든 에 스프레소 맛이 일품으로 지금도 찾으시는 분들이 있을 정도로 사랑을 받았으나 유통과정에 문제가 생겼다. 필 링이 녹아서 오기도 하고 겉이 부스러져서 오기도 하였 다. 최상의 상태로 받는 데 한계가 있어서 역시 지금은 중단되었지만, 유통과정이 개선되면 다시 판매 개시 예 정이다.

딸기 아이스크림은 계절 메뉴로 올해 봄부터 출시 중이다. 해미는 딸기 산지로 신선한 딸기를 저렴한 가격에 구매할 수 있다. 봄 한정 메뉴로 생딸기 아이스크림은 출시하자마자 주말에는 일찍 매진되기도 하는 인기 메뉴가 되었다. 앞으로는 디저트로 진저레몬 푸딩과 음료로 진저에일을 출시할 계획이다. 고객의 요구를 충족할 수 있는 메뉴를 연구하고 시도하여 진저보이를 찾아 주시는 분들에게 진저보이에서만 맛볼 수 있는 다양하고 새로운 음료와 디저트를 제공할 수 있도록 할 것이다.

"모든 카페가 다 잘된다면
사람들은 커피만 먹고 사는 걸까?"

2023년 5월 5일 금요일, 엄마

어린이날 3일 연휴 첫날이지만 잔뜩 흐린 하늘에서 비도 떨어지고 바람까지 분다.

토요일, 일요일까지 이어진 연휴이기 때문에 오늘은 손님이 없을듯하다. 평일이라면 점심 피크라도 있을 텐데 휴일 흐린 날은 직장인들도 없고 관광객들도 찾지 않아서 매출이 저조하기도 하다.

게다가 외부는 습도가 높아서 실내 온도 조절하기도 어렵다. 비가 오는 날에는 실내 온도를 따뜻하게 하는

게 좋지만, 습도가 높은 상황에서 난방을 하게 되면 통창에 김이 서려 오히려 더욱 습해진다. 그렇다고 냉방을 하게 되면 카페에 들어서자마자 냉기가 감돌아 온도 조절이 여간 힘든 게 아니다. 손님이 없는 시간에 온도 조절을 해 쾌적하면서도 아늑한 기운이 퍼져 더 머물고 싶은 마음이 생기도록 한다.

장마철을 대비하여 제습기를 구매하였지만 아직 배송되지 않아서 실내 온도조절에 신경을 더 써야 한다. 난방과 냉방, 제습을 오가며 실내 온도를 점검한다. 실내에 다섯 팀 이상이 있을 때는 냉방으로, 밀도가 낮을 때는 난방으로 바꾸어 의자에 앉아서 온도를 인지하지 못하도록 조절한다.

종일 비가 내린다. 손님들도 드문드문 들어오신다. 작년 5월 5일은 마당과 주차장이 미어터질 듯이 손님으로 가득했는데 아쉬운 휴일이다. 그런 와중에 직접 그린 부채, 노란색 카라 화분을 들고 오셔서 카페를 더욱 밝게 해주시는 분들 덕분에 매출은 저조하지만, 마음이

푸근해진다.

자주 찾아 주시는 분들께 늘 감사함을 가지고 있지만 멀고도 가까운 사이를 유지하고 있으면서도 어떨 때는 죄송한 마음도 있다. 밥때를 거를까 봐 호떡, 꽈배기부터 들기름, 인삼주, 각종 푸성귀, 과일까지 가져다주시고, 어떤 분은 외국 여행을 다녀오시면서 사온 초콜릿, 비스킷까지 종류도 다양하게 주고 가시기도 한다. 심지어 맛있는 커피를 오래도록 내려 달라고 하시며 녹용을 달여다 주시는 분도 계신다. 진저보이를 사랑해 주시는 고마운 분들께 더 맛있는 커피를 오래도록 드리기 위해 서비스의 질도 높이고 건강도 잘 챙겨야겠다.

3년 전인 2020년 5월 5일은, 진저보이 개업식이 있던 날이었다. 카페를 본격적으로 준비하기 시작한 1월엔 코로나 관련한 뉴스가 간간이 있는 정도로 심각하지 않았다. 5월쯤 되면 코로나도 잦아들겠지 하는 막연한 기대를 하고 오픈을 강행하였으나, 오히려 확진자도 늘어갔고 사망자도 날로 증가하고 있다는 뉴스로 불안감이 커지고 있는 상황이 되었다. 5월 전후로 코로나로 인한 거리 두기 제한 조치와 관련한 기사들이 올라왔고 8월 즈음부터 거리 두기가 시작되었다.

확진자와 사망자 수가 매일 중요뉴스가 되었다. 확진자가 다녀간 매장은 동선을 공개하고 공개된 매장에 방문했던 사람들은 선별진료소에 가서 검사를 받는 것은 물론이고, 역학조사반이 방문하여 매장 소독과 CCTV를 일일이 확인해 확진자와 함께 있었던 손님들까지 확인했다. 연락처가 확인되지 않으면 신용카드사를 통해서라도 연락처를 확보하여 보건소에 알려주어야 했다. 진저보이도 코로나바이러스 위기를 피해 갈 수는 없었고 어려운 시기를 보내야 했다.

2020년 12월 초, 서산시의 코로나 확진자가 600명을 넘어섰고 다양한 곳에서 집단감염으로 확진자가 폭증하자 12월 7일 자로 사회적 거리 두기 2단계가 되었다. 하루에도 수없이 울리는 알림 문자에는 중대본, 충남도, 서산시, 예산군, 당진시에서 확진자 소식을 전했고, 주변 상가들은 자발적 거리 두기로 1주일 혹은 2주일 문을 닫는 곳도 생겼다.

시와 중대본에서는 월 단위로 매장 내 코로나 대처와 관련한 지침이 내려오다가, 점점 주 단위 일 단위로 강도 높은 조치들이 내려지면서, 카페 소식을 알리는 인스타그램도 계속 바뀌는 공지들로 너덜너덜해졌다. 진저보이를 찾아 주시는 손님들에게 오픈과 마감 시간을 정확히 안내하고 실내에서 취식 가능한지 테이크아웃만 가능한지를 바뀔 때마다 공지하며 신경이 곤두섰다.

전국에서 관광객들이 찾아오기 때문에 언제 무슨 일이 일어날지 예측하기 어려운 상황에서 철저하게 방역에 신경을 썼다. 손소독제 구비, 방문객 출입자 명부 작성, 1시간마다 환기, 음료 취식 외 마스크 착용 안내를 하고 손님들이 닿았던 물건들은 일일이 소독하느라 많은 시간과 비용을 들여야 했다. 하루 적게는 15명에서 20명이 방문하는 날도 있을 정도로 코로나로 인해 타격이 컸다. 특히 2021년은 코로나바이러스가 절정에 이른 해이기도 하다.

2022년 2월부터 거리 두기가 완화되면서 주저하고

움츠러들었던 야외활동이 시작되었고 많은 사람이 보상 심리로 쏟아져 나왔다. 2022년 2월부터 진저보이의 매출도 폭발적으로 증가하게 되었고 그해 4월 벚꽃 시즌에 절정이 되었다. 그리고 1년이 지났다. 코로나를 겪고 나니, 오시는 모든 손님이 마냥 감사하기만 하다.

2023년 5월 7일 일요일, 엄마

연휴 3일째 비가 오고 있다. 어린이날이 있고 어버이날을 앞둔 연휴 매출은 3일 내내 내린 비 탓에 망쳤다. 피크나 대기도 없는 정말로 한산한 휴일이다. 오늘처럼 비가 내리면 마당 이용을 못 하는데 그러면 그냥 발길을 돌리시는 분들도 많아서 죄송함과 아쉬움이 크다. 계속 날씨 예보를 체크하며 마당의 파라솔을 펴야 하나 말아야 하나를 두고 온통 신경을 쓰게 된다.

손님이 많으면 많은 손님을 응대하느라 여유가 없고 손님이 없으면 심리적으로 여유가 없어져서 커피 연구나 메뉴 개발도 게을러진다. 우아하고 멋지게 운영하려는 계획은 이상이 되었고 하루하루 생기는 변수들을 헤쳐 가며 근근이 버티는 것 같다. 오후 들어 비도 그치고 바람도 조용하여 커피 한잔하며 휴식을 취하기 참 좋은 분위기다.

커피의 '커' 자도 모르는 사람이 카페를 하려고 결정했을 때 제일 먼저 읽은 책이 다카이 나오유키가 쓴 『시골 카페에서 경영을 찾다』이다. 시골 카페에서 50년 동안 3대를 이어오며 일본인들의 사랑을 받아오고 있는 카페다. 지금도 사자 커피의 회장은 설거지까지 한다는 걸 읽은 적 있다. 10개가 넘는 분점을 거느리고 스타벅스보다 더 사랑을 받는 기업형 카페가 되었어도 사장 노릇보다는 고객서비스를 우선으로 하는 솔선수범형 카페 오너가 존경스러웠다.

사자커피는 지역사회에 긍정적인 영향을 주고 커피에 대한 자부심, 원두와 커피, 고객을 끊임없이 연구하고 변화하는 시대보다 한발 앞서 가는 노력이 있었기 때문에, 50년을 이어오며 명실상부 성공한 개인 카페가 되었다고 생각한다. 나도 시골에서 카페를 시작하며 사자 커피 정도는 아니어도 나름의 철학을 가지고 운영해야지 하고 다짐했었다. 개인 카페이지만 이익 창출의 목적보다 지역사회와 더불어 성장하고 사람들에게 긍정적인 영향을 주는 공간으로서의 역할을 하는 곳으로 운영하고 싶다.

2023년 5월 9일 화요일, 엄마

진저보이 운영 첫날로부터 딱 3년이 되는 날이다. 1주년을 기념하여 에세이집을 내었고 2주년에는 쿠폰을 발행하여 자주 찾아 주시는 분들께 고마움을 전하기도 하였다. 오늘 3주년을 맞아 방문해 주시는 분들께 커피 한 잔을 대접하며 감사함을 전해드리려고 한다.

진저보이는 3년 동안 많은 사람의 발길이 이어지는

명소가 되어 사랑을 받아왔다. 첫해보다 둘째 해가, 그보다 셋째 해의 매출이 계속 증가하고 있는 것도 모두 방문해 주시는 손님들의 입소문 덕분이다.

오픈과 동시에 코로나로 어려움도 있었고 커피를 기다리는 손님들로 대기 줄이 주차장까지 이어지는 장사진을 만들어 내었으며 오후 시간대 브레이크 타임을 할 수밖에 없을 정도로 많은 분이 찾아 주시는 일도 있었다.

다양한 디저트가 있는 것도 아니고 단 한 번도 광고를 한 적도 없고 인스타그램과 같은 SNS를 활발히 하는 것도 아닌데. 커피만으로 꽤 괜찮은 매출을 기록하고 있는 것을 감사하게 생각한다.

서울에서만 살다가 중소도시도 아닌 시골 카페에서 매일 지내야 하는 것은 답답한 일이 아닐 수 없지만, 남녀노소 각지에서 오신 분들과 소통하는 즐거움으로 충분히 상쇄될 만큼 진저보이 카페는 매력적인 공간이 되었다.

나만의 공간, 일할 수 있다는 즐거움, 나를 기다리는

분들이 있다는 것만으로도 기쁨이 되고 거기에 매출까지 더해지니 이보다 더 좋을 수 없다고 여기며 오늘도 오픈 준비를 서두른다. 앞집에서 주신 메리골드를 심고 죽순이 바로 서도록 지지대를 만들어 준다. 시골 카페는 유독 커피를 내리고 손님을 응대하고 청소를 하는 것 이외에도 할 일이 참 많다.

직원이 3주년 기념이라며 주황색 거베라가 가득한 꽃다발을 건네준다. 따사로운 햇볕이 드는 진저보이 카페는 꽃다발이 더해져서 더욱 환하다.

2023년 5월 11일 목요일, 엄마

진저보이를 운영하면서 초반에 어려웠던 건 바리스타이며 사장인 나의 복장과 직원의 복장이었다. 프랜차이즈 카페는 직원들이 같은 유니폼을 입고 있어서 전국 어느 곳에 가더라도 비슷한 분위기를 느낄 수 있다. 그런 통일감이 표준화된 커피의 맛과 공간의 안정감, 그리고 브랜드에 대한 신뢰감으로 이어지는 것 같다. 개인 카페도 카페 콘셉트에 맞게 유니폼을 제작하여 착용하는 곳도 있는 것 같았다.

진저보이는 프랜차이즈 카페도 아니고 다른 개인이 운영하는 대형 카페처럼 직원이 여러 명 근무하는 것도 아니어서, 유니폼 제작은 애초부터 염두에 두지 않았다. 직원들의 복장은 무채색의 블랙이나 회색 정도의 단정한 디자인의 상·하의면 좋겠다고 생각했다.

직원과 같이 블랙으로 맞추어 유니폼처럼 입는 것도 이상할 것 같고, 또 편하게 입는 것도 신뢰감이 떨어질 것 같았다. 그래서 공간과 시기에 맞춰서 적절한 복장을 매번 고르고 있다. 벚꽃 피는 시즌에는 화사하면서도 생동감이 전달되도록 핑크색 상·하의를 착용한다. 여름에는 시원하면서도 휴양지에 온 것 같은 단순한 복장, 가을에는 브라운 계열 상·하의, 겨울에는 진저보이 메인 컬러인 주황색 상·하의를 착용하여 따뜻함이 느껴지도록 한다. 자칫 아줌마의 분위기가 나거나 바리스타 업무에 방해되지 않아야 하고 손님보다 더 화려한 복장이 되지 않도록 신경을 쓰고 있다. 직원과 같은 앞치마를 착용하여 통일감을 준다.

지난 며칠 동안 점심 피크가 없어서 한산하더니 오늘은 이전처럼 점심을 먹으신 분들이 커피 타임을 즐기러 오신다. 인근 대학에서 온 단체 손님이 마당과 홀을 채우고 있을 즈음 16명의 단체가 또 들어왔지만, 자리가 없어서 그냥 발길을 돌리신다. 약속이나 한 듯한 날 한시에 사람들이 몰리는 것은 욕심을 부리지 말라는 뜻일 것 같기도 하다.

2023년 5월 16일 화요일, 엄마

평소 온라인 쇼핑몰을 검색하여 진저보이에서 사용하는 유리잔을 가장 저렴한 가격에 판매하는 사이트의 장바구니에 담아 놓는다. 가끔 일일 쿠폰이 발급될 때 구매를 하는데 마침 출근을 하고 나니 쿠폰 알람이 와서 바로 결제를 하였다.

진저보이의 아이스 잔은 비전글라스 DW, 에이드 잔은 HL잔을 사용한다. 겨울에는 아이스보다 핫 음료가 잘 나가기 때문에 유리잔이 많지 않아도 걱정이 없는데 봄부터 찬 음료 주문이 많아지고 사진 찍는 손님들이 대부분이어서 유리잔으로 나가는 경우가 많다.

카페에서 손님 테이블까지 나가는 대부분의 용기는 이런 유리잔이거나 부주의하면 깨지는 재질이다. 유리잔, 커피잔, 테이블 위에 있는 화병 등. 그렇다고 손님들에게 일일이 깨뜨리지 않도록 조심하라고 주의를 시킬 수도 없는 노릇이다. 깨질 것을 우려하여 플라스틱이나 스테인리스 재질의 용기로 담을 수도 없기도 하고 확실히 유리잔과 유리 화병이 예쁘다.

당연히, 손님들이 잔을 깨는 상황도 자주 발생한다.

숟가락으로 떠먹어야 하는 아포가토 역시 유리잔으로 나가는 데 힘이 넘치는 남자분이 아포가토의 쿠키를 부수다가 유리잔을 깬 적도 있다. 20대 여자분이 돌아서다 본인의 옷자락으로 유리잔을 치는 바람에 깨기도 하였다.

단체석의 큰 유리 화병이 박살이 나는 일도 있었다. 그때마다 심장이 벌렁거린다. 그 이유는 첫 번째 카페 분위기가 얼어붙고, 두 번째 다치지는 않았을지 걱정도 되고, 세 번째 바쁜 시간에 치울 여력이 없다는 점에, 네 번째 다시 구매해야 하는 비용 때문이다.

위의 경우는 비용을 받지 않았다. 카페로서는 여러 면에서 손실이 아닐 수 없지만 서로 민망하기도 하고 카페 이미지도 있어서 손님에게 비용을 청구할 수 없는 노릇이었다.

손님들은 잔만 깨지 않는다. 한번은 여자 손님이 남자 화장실에 가서 도자기로 된 변기 솔 세트를 발로 차서 깬 적이 있었다. 인테리어용으로 한정판을 구매하여 다시 구매하기도 어려운 제품이었는데 그때는 정말 너무

속상하여 사진을 보내주고 같은 것으로 구매 부탁한다고 정중히 요청하였으나 2년이 지난 지금까지 묵묵부답이다.

얼마 전 여자 손님이 들고 있던 유리잔을 놓쳐서 바닥에 음료와 함께 박살 난 적이 있었다. 손님은 바로 죄송하다는 말과 비용을 꼭 드리고 싶다고 간곡하게 부탁하셔서 금액은 적지만 계좌번호를 알려 드렸더니 5분도 되지 않아 입금 후 전화를 주셨다. 매장에 손님들에게 폐 끼쳐 죄송하다는 말과 함께 치우느라 번거롭게 해서 정말 죄송하다는 말을 전해왔다. 이럴 때는 비용을 받은 내가 부끄럽고 손님께 오히려 죄송한 마음마저 들었다.

2023년 5월 18일 목요일, 엄마

진저보이 냉장고의 냉장 온도는 7도, 냉동 온도는 −18도로 설정을 해 놓고 아무 문제 없이 잘 사용을 하고 있었다. 그런데 오늘따라 아포가토용 아이스크림을 푸려는 순간 푹하고 스쿱이 힘없이 들어간다. 냉장고와 냉동고 온도가 바뀌어 있는 것이었다. 냉동고의 아이스크림은 다 녹아 있었고 냉장고 안쪽에 있는 오렌지는 꽁꽁 얼어 있었다. 냉장 온도가 −5도, 냉동 온도가 −6도로 내려가 있었기 때문이었다.

이제는 문제가 생겨도 당황하지도 않는다. 급하게 AS 기사님께 문의하니 냉장고 코드를 하루 정도 빼놓았다가 다시 사용했을 때도 같은 증상이면 부품을 교체할 수도 있다고 한다. 3년을 사용했으니 노후되어 여기저기서 문제가 생긴다. 하루에도 수백 번을 여닫으니 기계도 피로도가 높을 것 같다는 생각이 든다. 여름을 앞두고 문제가 생기니 걱정이 되지만 예비 냉장고와 냉동고가 있으니 안에 있는 것들을 옮겨 놓을 수 있어서 다행이다.

리모델링을 하며 상업용 전기 12kW로 증설을 하였다. 24시간 매일 돌아가는 머신, 그라인더, 15평을 커버

할 수 있는 냉난방기 3대, 영업용 냉동냉장고, 추가로 갖춰둔 냉장고, 냉동고 각 1대씩, 제빙기, 인덕션과 겨울철 히터 2개를 가동하기 때문에 증설은 필수라고 생각했다.

여름철 쉴 새 없이 떨어지는 제빙기의 얼음과 냉방기로 많게는 50만 원 적게는 30만 원의 전기요금이 나오는 정도다. 한옥 20평과 증축 건물 10평 총 30평의 요금으로 많이 나오는 편은 아니다. 냉난방기 필터는 한 달에 1~2회 청소를 해주지만 기온이 올라가는 여름철을 앞두고 냉방기 청소를 해야 한다. 대당 15만 원씩 총 45만 원의 비용을 지불해야 한다.

거기다 보통 수도 요금은 8만 원~10만 원 정도의 요금이 나오지만 비데 고장으로 인해 10만 원이 훌쩍 넘는 요금이 나올 때도 있었다. 편리한 만큼 민감한 기계 부품들이 많은 탓에 잦은 고장으로 AS도 여러 번 받아야 했다. 그리고 연 2회 정수 필터를 교체하기도 한다. 주기적인 필터 교체는 신선한 커피를 추출하고 이물질로부터 머신 장비를 보호하기 위함이다. 필터 2개에 약

30만 원의 비용이 들지만 적어도 연 2회 교체하여 깨끗한 물을 사용하려고 노력하고 있다.

진저보이에서 사용하는 변기와 비데는 리모컨으로 작동한다. 익숙하지 않은 이용자들을 위해 큰 글씨로 사용법을 써서 부착해 놓았으나 매번 다른 버튼을 눌러서 오작동하기도 한다. 물이 멈추지 않고 계속 흐르게 되는 오작동을 하기도 하여 물을 잠그면 사용하지 못하기 때문에 며칠 동안 물이 계속 흐르는 상태로 둔 적도 있다.

하루가 멀다 하고 문제가 생기고 해결이 될 때까지 신경을 쓰면서 영업을 해야 하는 상황을 겪다 보면, 이 나이까지 이렇게 열심히 살아야 하나? 하는 자괴감마저 들 때가 있다. 가끔은 늦잠을 자거나 친구들과 카페를 다니며 수다 떨고 여유를 부리는 삶이 부럽고 그리울 때도 있다. 모두 충족할 수 있는 선택지가 있다면 참으로 좋을 것 같다.

한편으로는 지금부터 놀고먹는다면 앞으로 길게는

30년 넘게 그렇게 무위도식해야 한다는 말인데, 또 그럴 수는 없을 것 같다. 젊어서도 일하는 삶이 즐거웠고, 나이를 먹어도 일하며 느끼는 성취감은 그 무엇으로도 비교 불가라고 생각하기에 막상 비생산적인 생활을 하다 보면 마냥 행복할 것 같지는 않기 때문이다.

　일산 초등 동창 모임인 단골들이 첫 손님이다. 진저보이의 크림커피가 생각나서, 일산의 카페는 다 찾아다녔지만 비슷한 맛을 찾지 못하고 진저보이로 왔다며 기분 좋게 너스레를 떠신다. 이어서 서산 크림 3인방, 계속 손님이 이어지고 오시는 손님마다 테이블당 1잔 이상은 크림을 주문하신 덕분에 준비해 둔 크림이 다 나갔다. 직원이 출근 전이어서 혼자서 주문을 받고 음료를 만들고 서빙까지 하려니 바쁘다. 오늘 크림이 심상치 않을 것 같다는 생각에, 바쁜 와중에도 크림 한 통을 더 준비해야 했다.

2023년 5월 24일 수요일, 엄마

오늘은 여름을 대비해 에어컨 청소를 하는 날이어서 7시부터 출근을 서두른다. 에어컨 청소는 쾌적한 여름을 보내기 위한 연중행사다. 게다가 오늘은 50여 명의 단체 손님이 예약되어 있기도 하다. 에어컨 청소는 대당 1시간 30분씩 총 3시간이 걸리는 작업이다. 작업자 두 분이 와서 에어컨 본체 전체를 분해하여 세척 소독 후 다시 세팅하는 것으로 마무리되었다.

단체 손님을 위한 생수도 냉장고에 충분히 넣어 놓고, 화병의 꽃도 우아한 핑크색 백합으로 꽂아 둔다. 마당의 테이블도 20석 이상이 되도록 세팅한 후 화병을 두어 손님 맞을 준비를 마쳤다.

네이버와 인스타 스토리에 단체 대관 공지를 하고 입간판에도 오후 1시부터 3시까지 대관 안내를 하여 이용에 불편이 없도록 하였다. 그렇지만 점심을 마친 손님들이 들어오실 때마다 이용 시간을 공지하면서 죄송함을 감출 수가 없었다. 단체 손님은 한꺼번에 들어오셔서 매장에는 1시간만 머무르기 때문에 일사불란하게 움직이지 않으면 자칫 음료를 받지 못할 수도 있어서 긴장의 끈을 놓을 수 없다.

직원 두 명이 홀과 마당 담당을 정하였고 받은 주문을 빠르게 만들어 테이블마다 서빙하였다. 40명이 넘는 손님들이 동시에 음료를 기다리고 있다고 생각하니 손이 마음대로 움직여지지 않았지만, 평정심을 갖고 더욱 정성을 다하여 커피를 추출하고 음료를 만들었다. 단체 손님들이 커피 맛에 대한 칭찬, 공간에 대한 칭찬 심지어 실내외로 틀어져 있는 음악도 좋다고 칭찬해 주신다.

매일 오픈 준비를 할 때부터 마감 때까지 진저보이의 음악은 여러 번 바뀐다. 아침에는 밤새 조용했던 공간에 생기가 감돌도록 활기찬 음악을 크게 틀어 놓는다. 오픈 준비에 지친 나를 위해서 에너지를 얻을 수 있도록 진저보이 안과 밖에 잘 들리게 음량을 올린다.

보통 오전에는 편안한 어쿠스틱이나, 피아노곡을 틀어놓고 점심 피크 때는 경쾌한 찰리 푸스나 핑크 스웨

츠 같은 가수의 곡들을, 오후에는 재즈를 주로 틀어 놓는다. 젊은 손님이 많을 때는 트렌디한 팝을, 중년의 나이이거나 가족들이 많을 때는 그에 맞게 조용하면서도 너무 시끄럽지 않은 곡으로 선곡하고, 손님이 적을 때는 음량을 줄이기도 하고 많을 때는 사람들의 말소리가 옆좌석에 들리지 않도록 음량을 높인다.

수시로 20대의 직원, 30대 아들, 50대인 내가 계절, 날씨, 나이, 성별에 맞는 음악을 미리 선곡해 두고 다양한 상황에 맞게 틀어둔다. 마당에는 가능하면 조용한 음악을 틀어 놓는다. 담장 밖으로 음악이 나가서 옆집에 방해되지 않게 하기 위함이다. 직원은 하루에도 열 번 넘게 분위기에 맞게 음악을 바꾸고 음량을 조절한다.

2023년 5월 25일 목요일, 엄마

지난 월요일부터 진저보이 바로 옆 공터에서 하수관 이설작업이 한창이다. 3년 동안 주차장으로 사용하였던 담장 바로 옆의 땅 주인이 이제 건물을 짓는다고 하셨다. 진저보이를 찾아 주시는 손님들이 편리하게 주차를 할 수 있었고 그 덕분에 진저보이도 자리를 잡게 되었다고 생각한다. 막상 주차장으로 사용할 수 없게 된다는 소식을 듣자 아쉽기도 하고 이루 말할 수 없이 걱정도 되었다. 다행인 것은 음식점이 들어온다고 하니 식사를 하고 난 분들이 진저보이를 찾을 수도 있다는 것이다. 주변이 더욱 활발하게 상권이 형성되어 더 많은 분이 찾아 주실 것이라는 기대가 되기도 한다.

이틀이면 끝난다는 작업은 4일 차가 되어도 진척이 없는 것을 보면 꽤 오래 걸릴 것 같다. 그로 인한 중장비 굉음은 차치하더라도 모래 먼지와 통행 제한으로 여간 불편한 것이 아니다. 수도관, 하수관 작업은 작업 주체가 누구였든 꼭 필요한 일이기 때문에 며칠 불편하더라도 뭐라 말할 수 없는 사안이어서 빨리 끝나기만을 기다리며 속앓이를 하던 참이었다.

작업 4일 차에 오픈 준비를 하고 있는데 갑자기 단수

되었다. 예고 없이 단수되면 머신, 제빙기 등 물을 공급해야 하는 기계들에 대해 대처를 할 수 없어서 당황하게 된다. 작업 현장에 가보니 상수도관에서 물이 콸콸 솟아오르고 있었다. 빠르게 커피 머신과 제빙기에 연결된 수도관 밸브를 잠그고 머신의 전원을 끈다. 머신과 제빙기는 계속 물을 공급받으려는 특성이 있으므로 오래도록 단수된 상태로 전원이 켜져 있게 되면 문제가 생길 수도 있다, 그뿐만 아니라 다시 물이 공급되었을 때 이물질이 들어가서 민감한 머신에도 영향을 줄 수 있다. 20분쯤 지나서 물이 공급되었고 충분히 물을 흘려보낸 후 밸브를 열고 전원을 켠다. 다행히 머신과 제빙기는 문제없이 작동되었지만 한동안 주시하며 체크를 해야 한다.

담 하나를 사이에 두고 공사가 계속되어 손님을 기대하기는 어렵겠다는 생각을 하고 있는데 서너 명씩 연속해서 손님들이 들어오신다. 얼마나 고마운지 진심으로 감사한 마음이 들었다. 점심시간 여느 때와 마찬가지로 만석이 되었고, 실내는 활력이 넘쳤다. 오후 손님이 뜸하여 마감 청소를 하려는데, 낯익은 모습의 부부가 들어오셨다. 오픈 1년 차에 일주일에 서너 번씩 오셨던 단골 분이시다. 2년 전 발령으로 광주로 가셨다는 소식을 들었는데 오늘 해미에서 30분 거리 당진에 볼일이 있어서 왔다가 커피가 생각나서 일부러 오셨다고 한다. 고맙고 반가운 손님이 아닐 수 없다.

2023년 5월 28일 일요일, 엄마

석가탄신일 연휴 사흘 동안 비 소식이 이어지고, 제습기의 습도가 80%로 아주 습한 날씨다. 진저보이 주변의 음식점도 휴일 문을 닫아서 더욱 을씨년스러운 분위기다. 비는 단 1분도 쉬지 않고 마구 쏟아진다.

해미읍성에서 연등 행사와 각종 이벤트가 예정되어 있어서 사람들이 많이 찾을 것이라고 기대하였으나, 읍성 앞의 행사용 천막도 텐트가 치워졌고 비 탓에 축소

또는 취소되었다. 어린이날 연휴도 매출이 저조했는데 석가탄신일 연휴도 대체 공휴일인 월요일까지 비가 내린다고 하여 재료도 최소한으로 준비한다.

10시 정각 오픈 입간판을 돌리자마자 갑자기 손님들이 줄을 지어 들어오신다. 직원 출근 시간인 10시 30분경에는 실내가 만석이 되었다. 비 때문에 외부 활동을 하지 못하니 실내에서 쉴 수 있는 카페를 찾는 것 같다. 시그니처 메뉴 주재료인 크림을 휴일 최소량인 2L짜리 2통만 준비하였다가 3통을 더 준비해야 했다.

주차장으로 사용하였던 곳도 공사 중이라 사용을 못하여 읍성 주차장에서 걸어오셔야 했고, 주룩주룩 내리는 비를 마다치 않고 방문해 주신 분들이기에 더욱 감사한 마음이 들었다. 기꺼이 와 주신 분들이 오길 잘했다는 생각이 들도록 신경을 써서 커피를 추출하고 음료를 만들어 드리는 것으로 보답한다.

휴일 진저보이는 테이크아웃보다 실내에서 느긋하게 즐기려는 손님들이 대부분이기 때문에 설거지는 속도

전이다. 2~8인석 10여 개의 실내가 만석일 경우 트레이는 적어도 15개가 넘게 나간다. 15개의 트레이를 한꺼번에 반납하면 주방은 아수라장이 되어 받은 주문을 소화하기도 어려울 지경이 된다. 마당까지 만석이 되면 나가야 할 유리잔, 머그잔도 남아 있지 않아서 설거지를 하면서 음료를 만들어야 하는 상황이 된다. 실내에서 테이크아웃 용기 사용 자제 권고가 있는 상황이라 직원과 둘이 운영하는 진저보이는 말로 할 수 없이 분주하고 바쁘다.

2023년 6월 6일 화요일, 엄마

어느 곳에서나 잘 보였던 진저보이 한옥 건물은 건축물로 사방이 막혔다. 주차장으로 사용하였던 땅에 본격적인 건축을 시작하여 흉물스러운 차양막과 안전망 등 하늘을 가릴 정도의 높이로 마당을 모두 막아버렸다. 오랜만에 날씨 좋은 징검다리 연휴인데 진저보이는 아침부터 먹구름 분위기이다.

손님들이 오시는 것이 오히려 미안할 정도로 뷰는 엉망이고 각종 중장비와 망치질 소음으로 대화조차 어려울 지경이다. 주차장 사용을 못 하는 것보다 소음과 차가 다니기 어려운 도로는 오던 손님들도 발길을 돌리게 할 것 같아서 더욱 걱정되었고, 게다가 들과 산, 바다로 나가기 좋은 날씨다.

오후 1시가 넘어가도 손님이 들어오시지 않는다. 그도 그럴 것이 주차할 곳도 마땅치 않고 건축 장애물로 통행도 불편한 상황이다. 1시 30분 즈음 되니 손님들이 들어오시기 시작한다. 건물을 짓기 전에는 주차하는 차들, 들어오시는 손님들이 한눈에 보였으나 지금은 마당에 들어서야만 알 수 있게 되니 답답한 마음이다. 20여 분 만에 실내와 마당에 빈자리 하나도 없이 채워졌고 12명의 단체 손님은 자리가 없어서 발길을 돌리셨다.

소음에도, 건축 장애물도 아랑곳하지 않고 진저보이를 찾아 주시고 마당에 앉아 즐거운 시간을 보내다가 가시면서 '정말 맛있게 먹고 갑니다.'라는 말을 건네주시는 분들이 계시니 조마조마했던 마음이 한순간에 풀린다. 오후까지 만석이 이어졌고 마감 시간이 아쉽다며 즐겨 주신 손님들로 8시가 넘어서야 퇴근을 서두른다.

2023년 6월 7일 수요일, 엄마

가끔 손님 테이블에서 본의 아니게 들리는 소리가 있다. 카페를 하는 것에 로망을 갖고 있다는 얘기, 나중에 돈 좀 모아서 카페를 해볼 계획을 가지고 있다고 하거나, 아예 대놓고 이런 카페를 하려면 얼마나 드는지를 묻기도 하는 손님도 있다.

진저보이에서 일하던 직원 중에서 커피만 내릴 줄 알면 카페를 해도 된다고 생각하는 친구도 있었다. 많은 사람이 그렇게 알고 있을지도 모른다는 생각이 든다. 그래서 사람들의 로망이 된 건지도 모르겠다. 십몇 년 전까지만 해도 직장에서 은퇴하거나 명예퇴직을 하면 많이 선택하는 일이 프랜차이즈 치킨집이나 부동산이라는 말을 하였다. 최근에는 나도 카페나 해볼까? 하는 분들이 꽤 많은 것으로 안다. 나도 어쩌다 자영업을 하게 되었지만, 자영업은 신중하게 생각하고 계획하고 시작해야 한다는 것을 현실에서 절실히 체감하고 있다.

직원은 하루가 멀다고 '사장님 서산에 대형 카페 생겼대요', '사장님 베이커리 카페 생겼대요', '사장님 사진 잘 나오는 카페 생겼대요' 한다. 해미에서 30분 거리에 새 카페가 생길 때마다 나름 자리를 잘 잡은 카페인 진저보이도 한동안 휘청거린다.

인구 20만 서산이 이런데 서울 같은 대도시는 말할 것도 없을 것 같다. 궁금하기도 하다. 그 많은 카페가 생계형이라면 먹고 살 만큼 매출이 되는지, 취미라면 카페 운영이 될 만큼 벌이가 따로 있는 건지. 모든 카페가 다 잘된다면 사람들은 커피만 마시며 사는 걸까? 궁금하다. 그럼에도 눈만 뜨면 새로운 카페가 생긴다고 하니 아이러니하다고 해야 할까?

전문적이고 기술적인 부분은 차치하고라도, 섬세하고 민첩해야 하는 카페 운영을 젊은이들이 성공적으로 하고 있다면 대단하다고 칭찬하고 싶다. 그래서인지 서산에서 유명 카페를 하는 젊은 사장님들이 방문하면 진심으로 경의를 표한다.

평일 5일 중 3일 정도는 점심 피크가 있는데 오늘은 피크가 있는 날에 속한다. 직장인들이 빠져나간 2시경부터 젊은 연인 4~5팀이 번갈아 가며 오후 7시까지 실내를 채운다. 보통의 평일은 6시를 넘기면서 마감 준비를 하는데 오늘은 실내에 손님이 있고 테이크아웃 손님들도 끊이지 않고 있어서, 7시 30분에야 마감을 할 수 있었다. 오후 6시를 기점으로 실내에 손님이 있거나 주문이 꾸준히 있는 날은 정시까지 영업한다. 6시까지 손님이 없는 경우는 마감을 시작한다.

오늘은 7시부터 마감을 서둘렀다. 그래야 직원 퇴근 시간인 7시 30분 전에는 나갈 수 있기 때문이다.

2023년 6월 9일 금요일, 엄마

아침부터 담장 옆 신축공사장에서는 망치 소리가 끊이지 않는다. 2개월은 족히 걸린다는 공사는 이제 2주가 지나고 있다. 청명하고 맑은 하늘은 뜨거운 여름이 오기 전에 어디든 가고 싶게 만드는 날씨여서, 보통은 진저보이 마당과 홀에 손님들로 가득 차겠지만, 오늘은 적막감마저 감돈다. 금요일이지만 점심 피크는 한동안 기대하기 힘들 것 같다. 공사가 끝나면 진저보이 커피를 즐기러 단골들의 방문이 이어질 것이라고 믿고 있지만 당장은 맛있는 커피 외에 힐링의 공간이 되지는 못할 거 같다. 드문드문 방문해 주시는 단골들과 관광객들로 차분하면서도 활기차다. 꾸준히 찾아 주시는 서산 단골손님, 해미를 두 바퀴 돌고 돌아 찾아오셨다는 관광 오신 손님들이 오늘따라 더욱 감사하게 생각된다.

점심시간이 지날 무렵 14명의 단체 손님 예약이 들어왔고 4명, 5명의 손님이 줄을 지어 들어오신다. 어느새 실내가 만석이 되었고 예약석을 만들고 커피 바가 분주해질 즈음 15명의 단체가 예약도 없이 들어오신다. 금요일 오후 실내와 마당은 손님들로 발 디딜 틈이 없을 정도가 되었다.

숙련된 직원과 이미 눈빛으로 일을 분담하였고 일사불란하게 주문을 받고, 세팅하고 커피를 추출한다. 찾아 주신 한 분 한 분이 더 소중하게 느껴지는 하루다. 진저보이는 주차장으로 사용하였던 공터에 신축건물이 들어서기 전의 3년과 새롭게 시작한 후로 나눌 수 있을 것 같다. 주차장이 없음에도 찾아 주시는 분들에게 더 좋은 서비스를 드리기 위해 어떤 노력이 필요한지, 체감할 수 있는 서비스를 연구해야 할 것 같다.

진저보이에서의   여름

"카페 사장 노릇을 하는 것은
참 외로운 일이라고 생각한다."

2023년 6월 13일 화요일, 엄마

맑고 청명한 날씨다. 활짝 핀 백합과 한껏 물이 오른 대나뭇잎은 마당을 더욱 아늑하고 편안하게 해준다. 오전부터 손님들이 줄을 지어 들어오신다. 옆 건물 신축으로 어수선하고 통행도 불편하지만 개의치 않고 찾아주시는 분들이다.

점심 피크가 늦게까지 이어졌다. 제빙기를 열어보니 휴일에나 있을 법하게 얼음이 쌓이지 않고 바닥을 드러

내고 있었다. 갑자기 기온이 올라가서 아이스 음료가 많이 나갔나? 하며 확인해 보니 얼음이 떨어져야 하는데 시간차를 두고 물만 쏟아진다. 이런 문제가 생기기 전에 단단하지 않은 얼음, 속이 빈 투명한 얼음, 규격이 각기 다른 얼음 등의 전조 증상이 나타난다는데 알아채지 못한 대가를 수리될 때까지 치러야 한다.

진저보이에서 사용하는 호시자키 제빙기는 단 한 번도 말썽을 일으키지 않았다. 그런데 3년이 지나니 커피 머신, 제빙기 등 각종 장비에 크고 작은 일들이 생긴다. 진저보이의 퀼리티 높은 얼음 때문에 아이스 커피를 먹으러 온다는 분이 있을 정도로, 크고 단단한 얼음을 만들어 내어 아이스 음료를 책임졌었는데…. 한순간 당황하였지만, 카페를 운영하며 하루가 멀다고 문제가 생기고 해결해 와서 일단 아무 일도 아니라는 듯 방법부터 찾았다.

AS센터에 연락하여 지방까지 출장 올 수 있는 업체 섭외를 요청하였고, 마트에 가서 얼음을 충분히 사다가 냉동고에 쟁여 놓았다. 해미에서 1시간 거리의 천안에 있는 업체에서 오후 늦게 방문하였고 얼음을 만들어 내는 부속품이 고장이 난 것이라고 하였다. 본사에 부품 주문 후 받아서 이틀 후에나 수리 가능하다고 하니 휴무와 영업 중 선택해야 했다.

직원과 의논하여 영업하는 것으로 정하고, 마트에서 사 온 얼음을 잘게 깨서 테이크아웃 잔에 담아 50개 정도를 냉동고에 비축하여 내일 피크타임을 해결하기로 하였다. '하루 쉬면 되지'라는 편한 선택보다 방법을 모색하여 적극 마주하는 것이 필요하고, 무엇보다 찾아오시는 손님들이 헛걸음하지 않도록 하는 것이 장사하는 사람의 기본 아닐까 한다. 고맙게도 이를 잘 따라주는 직원이 있으니 진저보이는 오늘도 내일도 모레도 정상 영업이다.

2023년 6월 15일 목요일, 엄마

카페 사장 노릇은 참 외로운 일이라는 생각을 한다. 회사나 학교에 근무했을 때는 일을 나누기도 하고 공유하는 같은 부서 동료들이 있었지만, 카페 사장은 모든 것을 혼자 오롯이 감당해야 한다. 외부에서 보기에는 외로울 틈도 없고 많은 사람을 만나니 활기차고 즐거우리라 생각할 수 있겠지만, 실상은 정반대다.

단골손님이 오시거나 원래 알고 지낸 지인이 와도 카페에 오시면 똑같이 비용을 지불하는 손님으로 온 것이기 때문에, 지인과 편하게 앉아서 대화하는 것도 어려운 일이라는 생각이 들었다. 진저보이에서는 지인이나 가족이라고 사장인 내가 그 테이블에 앉아서 대화를 나누는 일이 극히 드물다. 이유를 막론하고 어느 한 테이블에 앉는 순간 다른 손님들이 소외되기도 하고, 앉은 테이블에 집중하게 되면 다른 손님들의 니즈를 파악하거나 바로 응대하는 일도 어려울 수 있기 때문이다.

아주 자주 오시는 분들과도 사담을 나누는 일을 만들지 않는다. 보통 손님들이 카페에 올 때는 동행과 대화를 하거나, 일을 하거나 혼자만의 시간을 갖고 싶어서 오는 것이기 때문에 방해받지 않고 즐기시도록 하는 것이 최고의 서비스라는 생각에서다.

멀리서 온 지인이나 친척이 나와 대화를 나누고 싶어서 방문했을 수도 있지만, 적어도 진저보이 안에서는 손님과 운영자의 관계로만 서비스하는 철칙을 가지고 있다. 무엇이 맞고 틀리고의 문제는 아니라고 한다. 하지만 이런 철칙 아래에 카페를 운영하다 보니 좁은 소도시 면 소재지에서 이런저런 잡음도 들리지 않고 깔끔하게 운영할 수 있어 좋은 점도 많다.

오늘은 유난히 지인과 단골이 많이 방문한 날이었다. 3년 내내 비가 오나 눈이 오나 1, 2주 만에 한 번씩 오시는 찐 단골 두 분이 실내 안쪽에서 따뜻한 화이트커피를 즐기고 계셨다. 인근 학교에서 근무하며 야간 대학원에서 공부했을 때의 지도 교수님도 제자와 함께 오셨다.

진저보이 커피를 좋아하시는 세 분의 단골도 오랜만에 오셔서 소파 자리에서 따뜻한 블랙커피를 드시고 계신다. 점심 피크 내내 아는 얼굴들이 계속 들어오셨다.

오랜만에 오신 교수님의 테이블로 가서 인사를 하고 커피 바로 돌아와서 직원에게 다른 단골 두 분께 따뜻한 블랙커피 한잔을 서비스로 내어 드리게 했다. 조금 여유가 생겨서 소파 자리의 세 분께 따뜻한 블랙커피 한잔을 들고 가서 인사를 하고 돌아서는데, 옆에서 섭섭하다는 말씀이 들리는 것이 아닌가.

거의 매주 오시고 좋은 말씀도 해주시는 터라 조금은 더 각별하다고 생각하여 직원에게 커피를 서비스로 드리도록 하였고, 소파 자리에 내가 직접 서비스 커피를 가져다드리고는 사방이 다 아는 지인들이라 그냥 돌아섰던 것인데 아차 싶었다. 커피 바에만 있다가 철칙을 깨고 홀로 나와서 몇몇 테이블에만 인사를 한 것처럼 보여 화근이 된 것이다. 단골이 아닌 분들께도 썩 기분이 좋지만은 않을 것이라는 생각이 들었다. 원칙을 세우고 무슨 일이 있어도 그것을 지키려는 노력이 그 카페만의 색깔을 잘 유지할 수 있게 된다는 것을 다시 한 번 확인하게 된다.

2023년 6월 16일 금요일, 엄마

오픈을 준비할 때부터 '카페를 운영하며 돈을 벌어야 지'라는 생각은 하지 않았다. 지금까지 직장생활을 하였으니 시간에 쫓기지 않고 소소하게 힐링도 하며 카페가 잘 돌아가 주기만 바라는 마음이었다. 하지만 해가 갈수록 여유가 생기기는커녕 원두 대금, 직원 월급 등 매월 말 눈앞에 결제해야 하는 곳이 수십 곳임을 확인할 때마다 돈에서 벗어날 수 없음을 실감하게 된다.

그래도 자존심이 있지 돈이 목적이 되는 카페 주인이 되고 싶지는 않았다. 오픈하던 해 가을부터 진저보이 창업 과정을 정리하기 시작했다. 60년을 훌쩍 넘긴 작고 허름한 한옥을 리모델링한 과정, 자영업 경험도 없고 커피에 대한 전문성도 없는 중년의 내가 꽤 괜찮은 카페로 만들어가는 과정을 서툰 솜씨지만 글로 남기고 싶었다. 3개월 동안 쓴 글을 정리하여 오픈 1주년인 2021년 5월 작은 단행본을 직접 만들었고 관심을 가져 주시는 분들께 판매한 수익금을 해미면에 기부하였다.

　2주년에는 유명 스케치 작가인 카콜님을 초빙하여 진저보이의 구석구석을 스케치한 엽서 판매로 얻은 수익금을 해미면에 기부하였다. 단행본은 인쇄비를 비롯하여 에세이를 쓰는 노력이 더 들어가기도 하였고, 카콜님이 그려준 엽서 역시 작가 초빙비 등을 고려하면 기부금액의 두 세배의 비용이 들었지만, 단순한 기부보다 진저보이에도 의미를 남기고 싶었기 때문에 기꺼이 글을 쓰는 노력과 그러한 비용을 들일 수 있었다. 매년 진저보이에도 지역에도 의미 있는 일을 벌이다 보니 카페를 찾아 주시는 단골손님, 지인들로부터 3년 차, 4년 차가 더 기대된다고 하실 때가 있는데, 뿌듯하기도 하고 카페 운영에 원동력이 되기도 한다.

2023년 6월 18일 일요일, 엄마

토요일인 어제는 마감까지 손님이 있어서 청소하지 못했다. 그래서 마음이 조금 바쁘다. 다른 날보다 조금 일찍 카페에 도착해 오픈 준비를 한다.

오늘도 무더운 날씨가 예상되어 대형 냉풍기에 물을 가득 채우고 마당 세팅을 마쳤다. 로즈메리를 다듬고 생크림을 계량하여 크림을 치고 있는데 손님이 단체로 들어오신다. 오픈하려면 1시간이 남았지만, 들어오시면서 준비 끝날 때까지 기다릴 테니 커피만 주면 된다고 하시는 분들에게 기다리셔야 한다는 말은 하지 못했다. 더 일찍 오셨다가 인기척이 없어서 한 바퀴 돌고 다시 왔다고 하시니 정말 감사한 손님들이다.

9명 한 팀이 들어오고 연달아 다른 팀이 들어오신다. 오픈 준비를 하느라 주방 정리도 되지 않은 상황이지만 커피를 내리고 음료를 서빙한다. 오전에 잠시 휴식 시간을 갖지만, 오늘은 바로 영업 시작이다. 하루가 바쁠 것 같다.

올해 들어 가장 기온이 높은 날이다. 오후 1시를 넘기면서 실내가 금세 만석이 되었고 더운 날씨임에도 마당에도 빈자리가 없을 정도로 오랜만에 휴일 피크가 시작되었다. 옆집 신축 공사로 주차장이 없어지고 소음에 미관도 좋지 않아서 이전의 주말 휴일 피크를 기대하지 않았는데, 손님들로 북적이는 진저보이가 기특하고 대견하다.

2023년 6월 19일 월요일, 엄마

진저보이 마당에는 백합이 한창이고 대형 화분에 심은 봉숭아가 무럭무럭 자라고 있다. 작년 9월 단골 미용실 옆 큰 화분에 봉숭아인지 벚꽃인지 구별이 되지 않을 정도로 탐스럽게 핀 봉숭아를 보고 감탄이 절로 나왔다. 미용실 원장님에게 씨앗을 구해 달라고 부탁하여 작년에 받아 놨다가 3월에 심은 봉숭아다. 화분과 징크판넬 옆에도 씨앗을 심었더니 탐스럽게 싹이 올라왔고, 지금은 나무처럼 튼튼한 봉숭아 대를 중심으로 풍성하게 가지가 나와 대형화분을 꽉 채우고 있다. 봉숭아꽃이 피고 씨앗이 영글면 손님들에게 나누어 드릴 계획이다.

옆집 공사로 한동안 뜸하셨던 단골들의 방문이 이어졌다. 더 이상은 참지 못하겠다며 소음이고 뭐고 진저보이 커피를 먹어야겠다는 분들도 계셨다. 진저보이 마당이 오랜만에 북적였고 실내도 만석이 되었다. 처음 오신 10명의 단체 손님은 카페가 예쁘다며 사진을 찍으시는 모습을 보니 공사용 가림막으로 둘러쳐진 모습 따위는 중요하지 않은 듯해서 정말로 다행이고 감사한 마음이 들었다. 건물이 완성되어 주변 정리가 되면 상권이 형성되어 이웃과 상생하는 진저보이가 될 거라는 기대를 하며 빨리 공사가 끝나기만을 기다리고 있다.

2023년 6월 26일 월요일, 엄마

오늘부터 장마권에 들었다고 한다. 새벽부터 빗소리가 요란하더니 아침이 되니 비는 그쳤고 잔뜩 흐리기만 하다. 주중 가장 바쁜 월요일이지만 비 소식으로 조용한 하루가 될 것 같다.

비를 흠뻑 머금은 대나무와 화초는 더 무럭무럭 자라서 해가 나오면 더욱 빛을 발하여 진저보이를 찾는 손님들을 반길 것이다. 긴 장마는 통창에 비가 내리는 것처럼 물기가 가득 차게 하고 뿌옇게 김이 서려 마당도 보이지 않을 정도가 된다. 올해는 성능 좋은 제습기를 들여놨으니 뽀송뽀송하게 장마 기간을 날 수 있을지 기대를 해본다.

비바람으로 손님도 뜸하게 오고, 그렇다고 마감을 할수도 없는 상황이라 얼마 전부터 미루어 왔던 페인트칠을 시작했다. 소나무 기둥과 서까래를 빛내 주는 하얀색 벽에 온갖 얼룩이 눈에 거슬렸다. 커피 얼룩이며 볼

펜 자국까지 들여다보면 흰 벽이 지저분하다. 친환경 페인트를 칠하여 얼룩을 덮어보지만, 전문가의 솜씨가 아니어서 서툴다. 손수 페인트칠을 하고 나니 카페가 한결 환해진 듯하다.

2023년 6월 30일 금요일, 엄마

이슬비가 내리는 정도지만 여전히 습하고 무더운 날씨다. 비를 흠뻑 맞은 대나뭇잎이 진초록색을 뽐내고 봉숭아는 하나씩 꽃망울을 터뜨린다. 어제 80m가 넘는 장맛비로 휴무하여 금요일인 오늘 손님들로 북적이는 진저보이를 기대하며 오픈 준비를 한다.

오늘은 서산시 소상공인 경영 개선 사업에 신청을 위한 서류를 준비하여 팩스로 보낼 예정이다. 서산시에서는 소상공인들을 위한 다양한 사업을 추진하고 있어서 진저보이도 그 혜택을 받고 있다. 해미 간판 정비 사업으로 진저보이 간판도 시 지원을 받아서 제작하였고,

이번에 경영개선 사업에 지원하여 바닥공사를 지원받았으면 하는 마음을 담아 신청하게 되었다. 신청을 위해서는 각종 구비서류를 첨부해야 하는 수고로움이 있지만 당연한 마음으로 준비한다.

오전까지 내린 비로 마당은 온통 습기가 가득하지만 진저보이를 찾은 손님들은 마당에 앉아서 커피를 즐기신다. 오후 피크를 끝내고 새별이와 늦게 점심을 챙겨 먹었다. 카페를 운영하다 보면 제때에 점심을 먹기 어려울 때가 많다. 손님이 가장 많은 시간대가 점심을 먹고 난 직후 12시~오후 2시이기 때문이다.

비수기에는 피크 타임이 끝날 무렵 오후 2시 이후에 포장해 와서 먹기도 하는데 성수기나 주말, 휴일에는 종일 손님이 끊이지 않고 오기 때문에 식사를 거를 때가 많다. 한가한 틈을 이용하여 짜장면이나 칼국수를 포장해 왔다가 밀려드는 손님들로 먹지 못하고 버리기 일쑤였고, 그러다 보니 김밥이나 군만두, 햄버거 등 시간이 지나도 먹을 수 있는 메뉴 정도에서 해결할 때가 많다.

그래서 건강을 위해 틈틈이 각종 영양제와 건강보조식품을 챙겨 먹게 되었고 매일 아침 오픈 준비 후 30분 이상 스트레칭을 의무적으로 한다. 종일 서서 일하는 노동과 다르게 스트레칭과 가벼운 운동은 몸의 균형을 잡아주고 심리적인 안정감을 갖게 해준다. 이러한 루틴은 카페를 꾸준히 운영하는 데에 꼭 필요하다는 생각이 든다.

체력보다 더 중요한 것이 심리적인 안정감이다. 체력이 강하면 문제없이 일할 수는 있겠지만, 심리적으로 불안정하면 손님들에게 기분 좋게 응대할 수도 없을뿐더러 바리스타의 좋은 에너지가 더 맛있는 커피와 음료를 만들게 한다고 믿고 있기 때문이다.

코로나로 인하여 손님이 없거나 테이크아웃만 해야하는 상황에서 운영에 대한 걱정도 있었고, 카페 본연의 역할을 하지 못하는 데 대한 회의감으로 무기력해지기까지 했을 때 손님들을 제대로 응대하기 어려웠던 적도 있었다. 그때 심리적으로 안정감을 찾으려는 노력, 희망을 가지려고 노력하지 않았다면, 오래 운영하지 못했을지도 모른다.

장사는 참 모를 일이라는 생각을 한다. 기다려도 오지 않을 때도 있고, 춥고 바람 불고 비가 와도 앉을 자리가 없어서 가시는 손님이 절반일 정도로 많을 때도 있으니 말이다. 장사는 1년을 하든 10년을 하든 초심을 잃지 말아야 하고, 늘 약간의 긴장과 철저한 준비와 한결같은 마음이어야 한다는 것, 바로 그게 성공 비결이라고 생각한다.

2023년 7월 3일 월요일, 엄마

33도. 올해 들어 가장 높은 온도를 보인 날씨이다. 지열로 인해 뜨거운 기운이 올라와서 발을 옮길 때마다 숨이 막힐 지경이다. 내일은 또 장맛비가 예보되어 있고, 건축 중인 옆 건물의 안전망 철거도 있어서 일주일

만에 휴무를 결정하였다. 귀곡 산장 같은 철제 파이프 등 장애물을 철거한 후 깔끔한 건물 모습을 기대해 본다. 12시가 되자 7명의 군인이 무리 지어 들어온다. 이어서 실내가 만석이 되었다. 혹시 모를 대기 손님이 있을 때를 위해 마당에 냉풍기도 준비해 놓았다. 3월에 심은 봉숭아가 여기저기서 꽃망울을 터뜨려서 마당을 정겨운 분위기로 만들었다.

웬일인지 오랫동안 보이지 않았던 단골손님들이 찾아 주신다. 뉴스킨 사장님, 세종에서 오시는 단골손님. 퇴임하신 교수님 부부, 오랜만에 보는 단골 군인 팀, 한동안 오지 못하면 궁금해지는 진저보이라고 하시며 안부를 물으시며 들어오신다. 단골들이 오시면 진저보이의 커피와 공간을 인정받는다는 생각이 들어 더 편안한 분위기의 공간이 되는 것 같다.

고정 단골은 지금의 진저보이를 만든 일등 공신이다. 오픈 초반, 단골도 없고 손님도 드문드문 방문하였을 때 응원과 지지를 아끼지 않았던 공군부대 젊은 아기 엄마들은 진저보이를 아지트로 거의 매일 방문하였고 입소문을 내주어 이후부터 진저보이가 손님들로 북적거리게 되었다.

그 중에 일주일에 서너 번 이상 진저보이를 찾아주었던 분은 잊을 수가 없다. 10년간 해미에 살다가 대구로 내려가면서 밤새 만들었다며 울면서 건네준 라탄 먼지 떨이기는 지금도 요긴하게 쓰고 있다. 커피에 대해 잘 알지도 못하고 간신히 추출하고 있을 즈음 커피 애호가인 군인 한 분은 주 2~3회를 다른 동행을 데리고 커피를 마시러 오셨고, 어느 날 잘못 추출된 커피를 마시고는 다음에도 이런 커피 맛이라면 다시는 오지 않을 것이라고 으름장을 놓았던 분도 계셨다. 지금은 광주로 가셨지만, 가끔 해미로 출장 오실 때마다 원두를 사 가기도 하신다.

오픈 초반부터 지금까지 주1~2회 팔순 어머니와 딸이 서산에서 일부러 오시는 손님은 명절이나 행사 때마다 대가족을 이끌고 진저보이를 찾아 주신다. 2년째 주2회 크림을 3잔씩 테이크아웃하러 오시는 분도 계신다.

본인이 못 오시면 다른 분을 통해서라도 포장해 가서 거의 매일 드신다고 한다.

해미에 관광 오셨다가 단골이 되신 일산에 사시는 초등 동창분들도 단골손님으로 빼놓을 수 없다. 동창 6명이 관광 오셨다가 진저보이 커피에 매료되어 각자 가족과도 오시고 여행지를 호남이나 서산 인근으로 잡으셔서 진저보이에 들르신다.

빨간 차가 주차장에 들어오면 직원과 함께 함박웃음을 짓는다. 주 1회 서산에서 오시는 단골손님이다. 오픈 초반 두 분이 오셔서 따뜻한 블랙커피와 크림커피만 드셨다. 이후에는 두 분 다 한동안 블랙커피만 드시다가, 최근에는 따뜻한 화이트커피만 드신다.

공군부대 여군들, 조종사팀, 인근 대학 교직원분들은 주중을 책임져 주시는 단골들이다. 인근에서 장어집을 하시는 사장님 가족도 너무 감사한 단골이다. 온 가족이 진저보이 커피를 좋아할 뿐만 아니라 손님이 없으면 언제든 연락하라고 하는, 말씀만 들어도 힘이 나는 응원군이기도 하다. 진저보이 물만 먹어도 맛있다고 하시는 부부 단골도 계신다. 언제나 두 분이서 조용히 드시고 가신다.

용인에서 오시는 조경 사장님 가족은 공군비행장에 사는 아들 가족을 보러 왔다가 그냥 올라가면 무언가 섭섭하고 허전하다고 하실 정도로 진저보이를 좋아해 주시는 단골이다. 거의 매일 오시는 화이트커피만 주문하시는 손님, 성연에서 오시는 단골손님은 각 얼음이 마음에 들어 제빙기를 가져가고 싶다고 하시며 블랙 아이스 커피가 최고라고 치켜세워 주신다.

해미 인근 5분 거리에 있는 일락사 스님과 사찰을 찾는 분들도 변함없이 진저보이를 찾아 주시는 단골분들이다. 진저보이 커피가 생각나신다며 마감 직전임에도 오셔서 맛있게 드시고 가신다. 서산에서 오시는 커피 애호가, 자신의 모습이 미래 롤모델이라고 말씀해 주신 서산 크림커피 단골손님, 근처에 사시는 줄 알았을 정도로 자주 찾아 주시는 당진 손님까지.

우체국 택배 기사님과 종종 가족과 함께 찾아 주시는 CJ 택배 기사님, 원두를 배송해 주셨던 경동 택배 기사님, 그리고 지금은 다른 지역으로 가신 롯데 택배 기사님은 진저보이 커피 맛에 빠져 친구들과 자주 찾아주었던 단골이다.

2년 동안 쓰레기를 수거해 주셨던 환경미화원분들도 진저보이의 찐 단골이다. 단골손님은 이미 커피값 이상의 의미가 되었다. 잘하고 있다는 응원이고 잘될 거라는 신뢰이기도 하고 마음을 안정시켜주는 안정제이고 보기만 해도 좋은 피로회복제이기도 하다.

2023년 7월 5일 수요일, 엄마

오픈과 동시에 호주에서 온 단골손님 부부가 들어왔다. 편안한 마음으로 아무 생각 없이 오다 보니 지갑도 카드도 없다고 하면서 돌아갔다가 다시 온다고 하며 웃는다. 커피는 드시고 가라고 하니 또 웃으며 부부가 앉아서 커피를 마시며 한참 담소를 나누다가 간다. 8월이면 두 아이를 데리고 호주로 돌아간다고 하니 섭섭

한 마음이 들었지만 1년 넘게 단골손님이 되어 주어 감사한 마음이 먼저 들었다. 방문객들의 진저보이를 향한 발걸음도 공간에서 머무르는 시간도 편안했으면 하는 마음인데, 마주 앉은 부부 모습이 편안해 보인다.

5일과 10일은 해미 오일장이 열리는 날이다. 장이 서면 구경을 나오신 어르신들과 관광객들로 거리는 활기를 띤다. 계절에 상관없이 장날마다 따뜻한 블랙커피를 드시러 오시는 손님이 계신다. 수개월 동안 혼자 오셔서 커피를 아주 맛있게 드시고 가신 후, 동생분이 단골이 되어 매주 오셨다. 해미에서 30분 거리의 홍성에서 관성상회라는 미곡상을 오래전부터 하고 계시는데 해미 장날마다 진저보이에 오셔서 커피를 드신다고 하셨다.

그 이후 팥죽용 팥, 찹쌀, 집에서 먹는 곡물, 잡곡 등을 부탁하게 되었다. 관성상회 사장님은 어디에서도 구매하기 어려운 신선한 곡물을 주셨고 서로가 단골이 되었다. 때로는 자녀들과, 때로는 부부끼리 커피를 드시러 오시곤 하여 장날이 기다려지게 하는 단골이다.

드문드문 장대비가 쏟아졌다가 개는 장마가 이어지는 가운데, 날씨가 매우 좋은 수요일이다. 인근 공군비행장, 대학교, 직장인들이 모두 진저보이에 모인 듯 많은 손님이 커피를 기다리며 담소를 나누는 모습을 보니 안심이 된다. 주 1일 일하는 직원의 첫 출근날인데 주말에나 있을 법한 모습의 바쁜 진저보이다. 업무 매뉴얼 숙지와 직접 와서 업무 관전을 했음에도 실수를 연발한다. 생글생글 웃는 모습이 귀엽기도 하고 예쁘게만 보인다.

　마감이 가까워져 오는 오후 7시 직원과 청소를 하며 정리를 하고 있는데 일곱 분이 들어오신다. 진저보이 커피를 좋아하셔서 가끔 오시는 해미에 사시는 여사님들이다. 저녁 모임을 하고 맛있는 커피가 생각나 주저 없이 오셨다고 하는데 마감이라는 말이 입에서 떨어지지 않는다. 오늘은 8시 퇴근이다.

"사장인 내가 이 카페의 매력이라고 하니
불안한 마음마저 들었다."

2023년 7월 14일 금요일, 엄마

7월 들어 해가 보인 날이 기억이 나지 않을 정도로 장맛비가 그치지 않는다. 오늘도 일일 100mm가 넘는 비가 예보되었고 앞이 보이지 않을 정도로 퍼붓는 빗줄기로 사람이든 차든 다니기 어려울 지경이 되었다. 제습기가 역할을 잘하고 있지만 계속된 비로 습함의 극한에 달하고 있다.

인근 예산, 아산, 홍성에서는 호우경보가 발효되어 저수지와 하천이 범람 위기가 되었다고 한다. 호우주의

보와 홍수위험 안내 문자가 쉬지 않고 울렸고 외출 자제 안내까지 오니 오늘도 카페는 조용하게 시작한다. 주말과 휴일까지 400mm의 비가 예보되어 있어서 비 오는 날은 한동안 계속될 것 같다.

 진저보이는 오픈 초부터 화재 보험과 풍수해 보험에 가입하였다. 화재 보험의 경우 진저보이가 목조로 된 한옥이어서 가장 낮은 급의 보장을 받는 조건이지만, 카페에서 제공하는 음료로 인한 각종 사고나 손님들이 다치는 일에 대비할 수 있고, 담장이 무너져서 다른 집이나 사람들에게 피해를 주었을 때를 대비한 것이다. 각종 자연재해나 천재지변으로 건물이나 내부 집기에 문제가 생겼을 때 보장해 주는 풍수해 보험은 지자체에서 80%를 지원해 주어 부담 없이 가입할 수 있었다. 요즘같이 비가 많이 올 때 두 개의 보험은 심리적인 안정감을 주어 카페 영업에 집중할 수 있게 한다.

2023년 7월 18일 화요일, 엄마

전국에서 폭우로 인한 피해가 쉴 새 없이 들려온다. 오늘도 새벽부터 종일 비다. 오늘과 같이 비가 오는 날 도시에 있는 카페라면 쾌적한 공간에서 커피를 즐기려는 손님들로 더욱 붐빌 테지만 시골 관광지이고 충남에 계속된 폭우와 폭우로 인한 피해 소식이 뉴스 헤드라인에 전해지고 있으니 관광객은 물론이고 지나가는 사람이 거의 없을 정도로 적막하기만 하다.

빗속을 뚫고 카페를 찾아준 손님들이 오늘 더 반갑고 고맙다. 폭우가 내리는 가운데 점심 피크가 시작되었다. 군인들 서너 팀이 실내를 채우고 연이어 단골손님들이 들어오신다. 비 오는 날이 며칠째인지 셀 수조차 없을 정도로 지루한 장마 시즌이라 얼른 끝나기만을 기다리며 하루에도 몇 번씩 날씨를 체크하게 된다. 오후가 되니 비가 그치고 반짝거리는 해가 나온다. 손님들도 한 팀 두 팀 비 갠 오후를 즐기러 진저보이를 찾는

다. 다른 날 같으면 7시가 넘어서며 부지런히 마감 준비를 하는데 오늘은 늦게까지 실내를 채우고 있는 손님들에게 마감 공지도 하지 않았다.

2023년 7월 23일 일요일, 엄마

아침부터 폭우가 쏟아지고 바람까지 강하게 분다. 이런 날이면 오픈을 해야 할지 고민을 하게 된다. 평일 폭우 예보가 있으면 하루 쉬어 가기도 하는데, 휴일에는 멀리서 일부러 오시는 분들이 헛걸음이 되지 않도록 가능하면 영업을 한다. 직원 출근 시간인 오전 10시를 전후로 시간당 40mm 넘는 폭우가 예보되어 있어서 하루 쉬라고 연락하였다.

영업의 목적도 있지만, 한옥이라 여기저기 점검 차원에서 혼자서라도 종일 문을 열기로 했다. 새벽부터 외출 자제 안전 문자가 수도 없이 온다. 그럼에도 진저보이 커피가 생각나서 왔다는 부부가 문을 열고 들어오신다. 뜨거운 블랙커피와 크림커피, 브레드까지 맛있게 드시고 가는 모습에서 이런 맛에 우천이든 폭우든 영업을 하는지도 모르겠다.

비는 한순간도 그칠 줄 모르고 내리는 가운데 우산을 받쳐 든 손님들이 들어오신다. 직원도 없는 상황이라 걱정부터 되었지만, 더 여유를 가지며 차분하게 주문을 받고 음료를 만들어 서빙하고 설거지, 테이블 소독을 한다. 30여 분 만에 실내가 만석이 되었고 사서 가져가려는 손님들이 서서 기다리고 있다.

5분 거리에 사는 직원에게 연락할까 망설이기도 하였지만 이내 마음을 접는다. 시간제 파트 타임이었다면 연락을 하여 출근 가능한지를 확인했을 텐데, 월급을 받는 직원이라 더 조심스러운 마음이 들었다. 이 폭우에도 진저보이를 찾아준 분들에게 진심으로 감사한 마음이 들었다. 해미에 하루 내린 강수량은 87mm라고 한다. 오후 3시까지 손님들이 실내를 채우고 커피를 맛있게 먹고 가시면서 잘 먹고 간다는 말 한마디에 종일 혼자서 동동거린 보람을 느끼게 된다.

2023년 7월 28일 금요일, 엄마

며칠 전 장마가 끝났다는 소식이 들려온 이후부터 34도에 육박하는 불볕더위가 계속되고 있다. 진저보이를 찾는 손님들도 90% 이상이 아이스 음료를 찾으시고 주문 대부분은 크림커피와 블랙 아이스 커피다.

진저보이도 장마 이전의 모습으로 돌아가서 점심 피크 때는 직장인들이 대기하며 커피를 기다리고 오후에는 관광객들이 줄을 지어 들어오신다. 자연스럽고 평화로운 진저보이의 마당은 따가운 햇볕이 내리쬐어 앉을 엄두가 나지 않지만, 직장인 7명이 냉풍기 앞에 자리를 잡는다. 그런 손님들에게 블랙 아이스 커피를 사이즈업으로 보답한다.

장마가 끝나니, 귀여운 반려동물들과 오시는 손님들

이 다시 보이기 시작했다. 진저보이는 반려동물 동반이 가능하다. 반려동물을 기르다 보니 어찌 보면 당연하기도 했다. 그렇지만 마당이 없었다면, 조금은 고민해 봤을 것 같다. 오픈 첫해에는 실내외 어디든 동반할 수 있도록 하였으나 요즘은 나름의 규칙을 정하게 되었다.

주중 실내에는 안고 있거나 케이지에 있으면 가능하도록 하였고 주말 손님이 많을 때는 마당만 이용하도록 하고 있다. 마당에서도 목줄을 꼭 해 달라고 당부드리고 있다. 간혹 동물 알레르기가 있거나 좋지 않은 기억 때문에 동물을 피하는 손님들이 계시기도 하여 가능하면 다른 분들에게 방해되거나 피해가 가지 않도록 신경을 쓰고 있다. 그래도 진저보이에 반려견 친구들이 오면 물을 꼭 챙겨 주기도 하고, 시간이 날 때면 나가서 한 번씩 인사를 하기도 한다.

진저보이는 마당이 뚫려 있어서 강아지도 지나가고 고양이도 아무렇지도 않은 듯 지나가기도 한다. 오픈 첫해 가을부터 길냥이 한 마리가 진저보이에 등장하였다. 어디서 다쳤는지 얼굴이 일그러져 있었고 늘 코와 침을 흘리고 있었다. 직원과 나도 반려견을 키우는 터라 그냥 지나칠 수 없어서 물과 사료를 주기도 하고 먹기 좋은 캔을 사다가 주기도 하였더니 주기적으로 와서 밥을 먹고 가기도 하였다.

직원은 시청에 길냥이를 도와줄 방법을 문의하였으나 고양이는 들짐승으로 분류되어 도움을 줄 수 없다는 답변을 들었다. 내가 데려다 키웠으면 좋았겠으나 사정상 그러지 못하여 주차장 해가 잘 드는 곳에 아이스박스로 집을 만들어 주었다. 안에는 담요를 깔고 입구에는 눈을 막아줄 비닐을 쳐주어 겨울을 날 수 있도록 하였다.

그렇게 겨울을 나고 봄이 되었고 이듬해 가을까지 주기적으로 진저보이에 와서 안녕하다는 것을 보여주었다. 다음 해 겨울이 다가올 무렵부터 보이지 않더니 지금은 자취를 감추었다. 무지개다리를 건넜을 것으로 생각하니 한편으로는 다행이라는 마음과 더 잘해주지 못해서 미안한 마음이 교차했다.

2023년 7월 30일 일요일, 엄마

무더움이 절정에 이르는 휴일이다. 오전부터 손님들이 무리 지어 들어오신다. 시원한 커피 한 잔으로 더위를 식히기 위해 오시는 손님들로 인산인해다.

마당의 파라솔과 테이블을 세팅하기는 하지만, 누구도 앉을 엄두가 나지 않는 불볕더위다. 언제나 사용할 수 있도록 평소에는 냉풍기도 세팅해 두지만, 오늘은 아예 코드도 빼놓은 상태이다.

점심 동안 실내는 이미 만석이 되었고 대기 줄도 생겼다. 전용으로 사용했던 주차장도 없어져서, 도보 5분 거리의 읍성 주차장에 주차를 하고 더위를 뚫고 걸어와야 하는 수고로움을 하신 분들이라 더욱 감사한 마음이 들었다. 몇 걸음만 가면 넓고 시원한 카페가 즐비한데도 자리가 날 때까지 마당에서 기다리겠다고 자리를 잡으신다. 직원은 센스 있게 얼음 컵과 생수를 갖다드린다.

4인석에 앉아 있던 연인은 4명의 손님이 들어오니, 2인석 창가 자리로 자리를 옮긴다. 그냥 돌아가려는 4명의 손님을 밖에까지 따라가 자리 양보하겠다고 하는 풍경이 벌어진다. 진저보이 분위기의 반은 손님들이 만들어 주시는 것 같다. 양보해 주신 분들께 시원한 블랙을 한 잔씩 드리며 감사의 마음을 전한다.

15평형 냉방기 2대가 20평의 홀을 충분히 시원하게 해주지만, 안쪽에 공기 순환용 서큘레이터 1대와 출입구와 실내 중앙에 대형 선풍기를 두어 전기도 절약하고 더 시원한 느낌이 들도록 하였다. 더울 때는 보여지는 모습보다 기능적인 것을 우선시하여 쾌적한 공간을 만드는 데 집중한다.

마스크 속으로 쉬는 호흡이 가빠지고 심장이 빨리 뛰는 느낌이다. 보통 2~3시간 피크타임이 지나면 성취감을 느끼기도 하는데 오랜만에 온종일 숨차게 피크가 계속되니 급격하게 피로감이 몰려온다. 체력에 대한 걱정도 되고 찾아 주신 손님들께 감사한 마음도 드는 휴일이다.

　하루 1만7천 보는 휴일 직원의 갤럭시 워치에 기록된 걸음 수다. 올해로 59세가 되었지만 진저보이를 운영하며 '나이는 숫자에 불과하다.'라는 말을 믿으며 끄떡없이 운영하고 있다. 나는 작고 아담한 카페의 규모와 어울리게, 작고 아담한 체구이다.

　오픈 초반 힘든 일이 있거나 일손이 필요하면 서울에 사는 가족들이나 근처에 사는 언니네 가족들의 도움을 받았었다. 하지만 하루 이틀 운영하는 것이 아니므로 가능하면 주변의 도움 없이 자력으로 헤쳐 나가는 것이 필요했다.

　마당이 있는 카페이기 때문에 건물 안에 있는 카페와는 다른 일거리들이 생각보다 많고 대부분 고된 일이다. 하루에도 수없이 택배가 도착한다. 손님이 많으면 마당에 쌓아 놓고 가기도 하여 사무실까지 옮기는 것도 큰일이 아닐 수 없다. 하루에 나오는 커피 찌꺼기와 재활용 쓰레기, 일반 쓰레기를 버리는 일도 보통 일이 아니다. 오픈 초반 근처에서 체리 농사를 짓는 청년 농부가 커피 찌꺼기를 수거해 갔으나 지금은 주 3회 정도 50L짜리 종량제 봉투에 가득 담아 버린다.

테이블을 세팅하고, 파라솔을 정리하고, 마당을 쓸고, 눈을 치우고, 화단의 풀을 뽑아야 하는 일들은 아파트 생활만 했던 내게 참으로 버거운 일들이다. 한시도 쉬지 않고 100평의 홀과 마당을 수시로 점검하러 다니느라 걸은 걸음 수가 일일 평균 12,000보 정도다.

직원과 둘이 하루 평균 90명에서 많게는 약 400명 가까운 사람들을 응대하고 커피를 추출하고 음료 잔을 400번 넘게 설거지하기도 하는 고된 일을 3년간 해오며 단 한 번도 흐트러짐이 없다. 20대 30대 직원들도 힘들다고 아우성치기도 하지만 지금까지 잘 버티고 있는 비결은 강인한 체력보다 잘 해내겠다는 책임감과 건강한 정신력으로 무장했기 때문일 것이다.

2023년 8월 6일 일요일, 엄마

13일째 30도가 넘는 폭염이다. 오늘도 대나무, 봉숭아, 에메랄드그린에 물을 충분히 준다. 장마가 끝난 이후 계속된 불볕더위로 수분이 부족해진 대나무 잎이 말려 있고 봉숭아꽃은 생기를 잃어가고 있다.

무엇이든 녹여버릴 것 같은 이글거리는 햇볕을 받은 에어컨 실외기를 고려하여, 실내 온도는 24도로 설정해 두고 서큘레이터를 한 대 더 장만하여 실내 곳곳에 두었다. 테이블형 냉장고 모터 앞에도 선풍기를 틀어 놓아 과열되지 않도록 한다.

5분 거리의 읍성 주차장에서 걸어온 손님들이 시원한 공간에서 커피를 즐길 수 있도록 실내외 공간을 쾌적하게 하려고 아침부터 분주하다. 이번 주 여름휴가 시즌의 절정이지만 걸어 다니기 힘든 높은 기온으로 휴일 해미는 조용하다. 가족 단위 10명이 넘는 팀이 홀을 채우지만, 주문서가 밀려드는 휴일 피크를 기대하기는 어

180

려울 것 같다. 정말로 뜨거운 여름 날씨다.

2023년 8월 19일 토요일, 엄마

도시의 유명 맛집이나 독보적인 카페에서는 줄을 서서라도 먹으려는 것이 당연하게 된 것 같다. 긴 시간 줄을 서더라도 직원에게 보채거나 채근하지도 않는다. 오히려 독촉하는 듯한 눈빛이나 말을 건네게 되면 교양 없어 보이기까지 한다. 기꺼이 시간을 투자하여서라도 먹고야 말겠다는 오기까지 있는 듯하다. 우리와 같은 지방 개인 카페는 상황이 다르다.

주변에 크고 맛 좋은 개인 카페가 즐비한 상황이라 언제든 대체 가능하다고 생각한다. 진저보이 2년 차부터 성수기에는 1시간 기본으로 기다려야 음료를 받을 수 있었다. 주문서가 15장이 넘어가면 주차장에 들어오는 자동차 소리만 들어도 걱정부터 되었다. 많은 손님이 와서 좋기도 하지만 '진저보이는 너무 기다리니 다른 데

가자', 또는 '거기 사람 많아서 복잡해'라는 소문이 나기 시작하면 바로 손님이 발길을 돌리게 될 것 같았다. 주문서가 많으니 이미 서빙이 나간 주문서인 줄 알고 버려져서 1시간 넘게 음료를 받지 못한 손님에게 항의를 받기도 한 적 있다.

하루만 영업하는 것이 아니므로 며칠 손님이 많이 온다고 좋아할 것도 아니다. 손님이 많이 올 때도 서비스, 음료, 분위기 등이 똑같이 유지된다면 더없이 좋겠지만 말이다. 손님이 들어오시면 아무리 바빠도 본체만체하지 않아야 한다. '잠시만 기다려주세요.'라고 안내하여 손님이 기다리고 있다는 것을 인지함을 전달한다. 진저 보이는 주문서 5장이 넘어가면 대기시간을 안내한다. 1시간 기다린다는 말을 듣고 '읍성 한 바퀴 돌고 올게요.' 하시고 정말로 다시 오시는 분들도 계시기도 하고 '15분 기다립니다.'라고 하면 '다음에 올게요'하는 손님이 50%는 된다. 그냥 가시는 손님을 볼 때 마음이 편치는 않지만 길게 보아서는 그게 옳은 결정이라고 생각하고 있다.

가끔은 진저보이에 들어서며 이런 시골 카페에 커피 맛이 얼마나 있겠어? 라는 표정으로 시큰둥하게 주문을 하는 손님도 있다. 서울이나 수도권에서 관광 오신 분들이 해미에서도 외진 진저보이까지 찾아와주었다는 것만으로도 감사함을 가지고 정성스럽게 커피를 추출하여 내어 드리면, 표정이 달라지고 트레이를 반납하면서 들어올 때의 모습과는 다르게 '커피 참 맛있네요.'라든가 '리모델링 하신 건가요? 아니면 새로 지으신 건가요?'라며 카페에 관심을 보이기도 한다.

손님을 감동하게 하는 방법은 여러 가지가 있을 것 같다. 당연히 식당에 가면 음식이 맛있어야 하고 카페에 오면 커피가 맛있으면 어느 정도 먹고 들어간다. 그렇지만 서울이나 수도권 전국 어디든 널리고 널린 게 멋지고 맛있는 카페다. 진저보이까지 찾아오실 정도면 커피를 즐기는 분들일 수도 있을 터, 시골 면 소재지에 위치한 카페에서 나이 지긋한 바리스타가 내려주는 커피에 크게 기대하지는 않았을 것 같기도 하다.

공간이 주는 분위기와 직원과 사장의 세심한 배려도

한몫할 것 같다. 거기다 서빙되는 트레이 안에 담긴 모든 것까지 예뻐야 한다고 생각한다. 커피, 커피의 크레마, 커피잔, 따뜻한 화이트커피의 스팀, 탄산수의 뽀글거림, 로즈메리나 타임 등 넘치지도 모자라지도 않는 데코레이션, 냅킨으로 감싼 위생적인 숟가락과 포크, 물티슈 등 손님 한 분만을 위해 바로 준비한 것 같이 모든 것이 살아 있어야 하고 생동감이 있어야 한다.

대부분의 손님은 그런 정성에 보답하듯 '맛있게 먹고 갑니다. 또 올게요', '공간이 예뻐요', '커피가 맛있어요' 등의 피드백을 주신다. 오늘 역시 그랬다.

2023년 8월 26일 토요일, 엄마

전기가 나갔다. 주말 피크타임에 갑자기 나간 전기로 손님들도 직원과 사장인 나도 당황하였지만 바로 한전에 상황을 알렸다.

지난 4년여 동안 1회의 정전 사고가 있었고 그때는 해미지역 일부가 정전이었었다. 오늘은 진저보이만 전기가 나갔고 외부 전자식 데이터기도 꺼져 있는 상태다. 전자식 데이터기가 켜져 있다면 내부 누전이나 기타의 문제로 정전이지만 전자식 데이터기가 꺼진 것이라면 외부 문제로 볼 수 있다고 한다.

20분 거리의 서산에서 한전 직원들이 출동하여 볼 것 없이 전봇대로 올라갔고 퓨즈를 교체하니 상황이 정리되었다. 올여름 유난히 높은 기온으로 에어컨, 냉장고 등으로 과부하가 이유일 듯하다. 에어컨도 안 되어 더워진 실내에서 30분여를 기다려 주신 분들께 생수와 커피를 한 잔씩 서비스로 드리고 나서야 안정을 찾을 수 있었다.

오늘따라 갑자기 궁금해져서 직원인 새별이에게 '진저보이만의 매력이 무엇이라고 생각하니.'라고 묻자 새별이는 주저 없이 '사장님이요.'라고 답을 한다.

보통 카페의 매력이라 하면 커피 맛이나, 멋진 공간, 접근성, 맛있는 디저트 등이 떠오르는데, 대학을 갓 졸

업한 20대 직원의 입에서 사장님이 우리 카페의 매력이라는 말을 들었을 때 사실 기분이 썩 좋지만은 않았다. 공간이나 커피, 디저트가 매력이라고 한다면 누가 운영을 하든지 대체할 수 있지만, 사장인 내가 이 카페의 매력이라고 하니 불안한 마음마저 들었다.

생각해 보면, 진저보이를 주로 찾아주는 연령대가 따로 있지 않다. 진저보이를 찾는 손님은 20~30대가 반 이상을 차지할 정도로 많은 편이다. 관광지의 특성상 가족 단위, 나잇대가 높은 중년, 80대 어르신들도 손자 손녀들과 진저보이를 찾는 주 고객층이기도 하다. 그러고 보면, 직접 커피를 추출하기도 하고 서빙도 하며 부지런히 청소도 하는 사장인 내가 늘 진저보이를 지키고 있으니 나이에 상관없이 더 편안한 마음으로 커피를 드시러 오시는 것이 아닐까, 생각도 한다.

진저보이에서는 손님을 편안하게 해주고 섬기는 마음으로 대하는 것을 중요시한다. 손님들은 수많은 카페 중에서 진저보이를 선택하였고 아주 먼 거리에서 혹은 인근에서 어떤 분들은 편안하게 쉬고 싶어서, 맛있는 커피를 먹고 싶어서, 친구들과 연인과 가족과 좋은 추억을 만들고자 즐거운 마음으로 카페를 찾았을 것이다. 그런 마음을 오롯이 즐기실 수 있도록 배려하려고 노력한다.

2023년 8월 27일 일요일, 엄마

출근길 오가며 볼 수 있는 논에는 어느새 벼가 나와 익을 준비를 하고 있고 마당의 봉숭아도 꽃이 지고 그 자리에 동그란 씨주머니가 주렁주렁 맺혔다. 5월부터 사랑을 받아온 봉숭아 화분은 씨앗이 영글 때까지 카페 한쪽에 놓일 것이다. 한낮에는 마당에 앉을 수 없을 정도로 햇살이 뜨겁게 내리쬐지만, 마당에서 시원한 대나뭇잎과 하늘을 보며 커피를 드시는 분들도 하나둘 늘어간다.

오래된 한옥 카페는 그 어느 현대식 건물도 흉내 낼 수 없는 아름다움과 멋스러움이 있다. 그런 아름다움을 오래도록 간직하기 위해서는 주기적인 유지 보수를 해주어야 한다. 아파트 생활만 해왔던 터라 한옥의 특성과 관리에 대해 전무하여 보이지 않았던 문제가 눈에 띄게 되면 덜컥 겁부터 난다.

진저보이 한옥 건물은 1960년에 지어졌다. 훨씬 이전에 지어졌다는 동네 어르신의 말씀도 있었지만, 등기상의 기록으로는 64년이 되었다. 구매 당시에는 서까래, 대들보, 기둥 등 나무 전체에 반들반들한 주황색 에나멜이 칠해져 있었다. 지금의 고즈넉한 분위기와는 사뭇 다른 모습이었다. 리모델링을 시작하며 눈에 거슬렸지만 벗겨 내는 비용이 부담스러웠고 일정도 빠듯하여 그대로 두기로 하였다.

공사가 한창 진행되고 있던 때에 공사를 맡은 대표는 건축주의 의사와는 상관없이 에나멜 칠을 벗겨 내야겠다고 선언하였다. 비용은 나중에 산정하고 리모델링 완공 일정은 조금 늦추자는 제안을 하며 나를 설득하였고 결국 대형 집진기를 동원하고 그라인더를 사용하여 수작업으로 일일이 칠을 벗겨 내는 작업을 하게 되었다. 에나멜 칠이 벗겨지면서 이전에 볼 수 없었던 소나무 대들보가 위풍당당하게 모습을 드러내었고 각기 다른 서까래의 모습은 편안함을 느끼게 해 주었다.

에나멜을 벗겨 낸 소나무 대들보, 기둥, 서까래에 유액을 바르고 무광 코팅을 하여 나뭇결을 더욱 생기 있게 만들었지만 대신 주기적인 관리가 필요했다. 3년 주기로 칠을 해주어야 해충이 생기지 않고 오래 유지할 수 있다고 한다. 외부에 노출된 나무 기둥과 서까래는 연 1회 정도 오일 스탠을 칠하여 강한 햇빛과 눈과 비로부터 썩지 않도록 관리를 한다.

2022년 11월에는 주춧돌 교체를 시작했다. 20개가 넘는 기둥을 한꺼번에 교체할 수 없어서 심각한 기둥 6개부터 교체 작업을 진행했다. 기둥이 썩어들어가는 것을 발견한 날부터 바람만 불어도 걱정이 될 정도로 허공에 떠 있는 듯 썩은 정도가 심했다. 한옥, 목조로 지어진 사찰 건물만을 짓고 보수한 지 30년이 넘었다고 하는 전문가의 진단을 받았고 교체 작업을 하게 되었다. 겉으로 보기에 주춧돌은 보이지 않고 썩어가는 기둥만 보였는데 30cm 아래 땅속에 주춧돌이 묻혀 있을 정도로 지반이 내려앉았다고 한다. 이틀에 걸쳐 주춧돌 6개를 교체하는 비용은 500만 원, 앞으로 교체할 주춧돌이 10개가 넘는다.

오늘은 일요일이지만 다른 날 보다 서둘러 일찍 마감했다. 서울에 사는 가족들이 내려와 실내외 소독을 하고, 테레핀 유를 각 기둥에 주입하기도 하여 보이지 않는 곳에 서식할 수 있는 해충 제거를 위한 작업을 한다.

노출된 대들보와 서까래, 나무 기둥이 오랜 시간 아름다움을 뽐낼 수 있는 이유는 스스로 숨을 쉬며 온도와 습도를 맞추어 가기 때문일 것이다. 더불어 내외부의 각종 해충도 들며 날며 공존하는 것이 한옥이 가지고 있는 특성이라는 생각을 한다.

진저보이에서의   가을

"근데 이 정도면 인제
그만 걱정해도 되지 않을까."

2023년 9월 30일 토요일, 아들

벌써 세 번째 추석이다. 추석 전날 이른 아침 서울에서 내려와 카페에 들어서면 엄마는 벌써 만반의 준비를 마친 상태다. 원두를 이만큼 사두었고, 우유는 창고 냉장고에 몇 팩이 더 있으며, 얼음은 동나면 근처 슈퍼에서 가지고 오면 된다고. 아침에만 바닥은 수번 쓸고 닦고 했을 것이고, 내가 카페에 들어서는 순간에도 엄마의 작은 몸은 부지런히 카페를 오가며 실내 온도 점검한다.

연휴 동안 이만큼의 사람들이 오겠지, 이만큼의 매출이 나겠지, 몇 시쯤부터 바쁘려나, 크림은 더 안 만들어 놔도 되려나, 엄마는 세 번의 추석을 겪으며 나름의 데이터가 있는데도 불구하고 항상 그보다 조금 더 커다란 걱정과 희망을 품는다. 가끔 엄마가 카페를 막내아들 정도로 생각하는 게 아닐까 싶기도 했다.

9월 마지막 날인데도 가을답지 않게 포근하게 느껴지는 연휴였다. 이런 날씨의 명절 연휴에는 사람이 특히 많다. 설날 연휴와 다르게 추석 연휴 동안에는 마당의 야외 테이블들에 손님들이 가득하므로 두 배, 세 배로 바쁘게 느껴진다. 심지어 연휴 동안에는 손님들이 몰리는 시간대도 달라진다. 평소 같으면 여유로운 오전 시간에도 명절엔 방심할 수 없다.

사실 나 같아도 이런 날씨에는 여유롭게 산책하다가 카페에 들어가 커피를 한잔 마시고 싶을 것 같다. 온 가족이 함께 커피를 마시러 들어오시면, 기름 냄새가 가득한 할머니 집에 편하게 누워 부추 지짐이를 먹던 어

릴 때가 그립기도 하고, 내가 왜 카페를 만들어준다고
했을까 후회를 하기도 한다.

　엄마를 도우러 해미에 내려갈 때면, 이번엔 싸우지 말
고 서울에 올라가자, 이번엔 엄마가 시키는 대로 그냥
하자 매번 다짐한다. 엄마는 설거지를 할 때도 당신만의
순서와 규칙이 있으며, 새로운 손님이 들어오셨을 때도
내가 안내하고 설명했으면 하는 것들이 정확하고 분명
하게 있다. 엄마는 지난 3년간 매일매일 출근하고 카페
를 운영하며 터득한 자신만의 방식이 있고, 옆에서 일을
돕는 스태프는 물론이고 가끔 내려오는 아들마저도 그
방식대로 모든 것들이 이루어져야 한다고 믿는다.

　뭐 엄마의 공간이니까. 아무리 내가, 서울의 다양한
카페와 공간을 다니고 경험하면서 이러한 방식이 세련
된 것 같고, 저러한 방식이 더 효율적이라고 생각해도,
매일 그리고 종일 공간을 꾸려나가는 엄마는 축적된 경
험을 토대로 일련의 규칙을 세워 두는 것이 자신의 일
상과 공간을 지키는 것으로 생각하고 있을 것이다. 그

걸 알면서도 지난 3년 동안 나는 가끔 카페에 내려가면서도, 갈 때마다 매일 그 자리를 지키고 있는 엄마와 평화롭게 헤어지고 서울로 돌아온 적이 손에 꼽았던 것 같다.

2023년 10월 6일 금요일, 아들

다음 주에는 하루 서울에 가서 머리도 하고 코스트코도 갈 거라고 휴무 공지를 미리 해놓아 달라고 엄마에게서 연락이 왔다. 엄마는 진저보이를 운영해 온 3년간 정기 휴무 없이 매일 운영을 하다가, 한 달에 하루 또는 이틀 정도 비정기 휴무를 한다. 일주일에 하루 정도는 쉬어야 긴 호흡으로 잘 운영할 수 있다고 수십 번을 말했지만, 평일에는 매일 같이 오는 단골들 걱정에 쉽사리 결정을 내리지 못한 채 지금까지 왔다. 사실 엄마가 카페에 오는 손님들을 대하는 마음, 다른 말로는 호스피탈리티, 또는 환대는 전국 어디를 둘러봐도 흔치 않다.

공간을 만들고 운영하는 일을 업으로 하는 업계에서는, 이제 모두가 예쁘고 특색있고 제품까지 대단한 공간을 만들 수 있어서 손님들의 선택을 받는, 그 한끝을 가르는 키워드는 결국 '환대'라고 한다. 내가 그 공간을 가서 어떠한 경험을 하는지 그리고 그 경험을 리드하는 공간의 오너 혹은 스태프들의 섬세한 차이가 어떠한 다름을 이끌어내는지.

해미에 내려가 카페 일을 할 때면 지켜야 하는 몇 가지 규칙 중에, 내가 한동안 가장 귀찮아했던 것이 있다. 오는 모든 손님에게 메뉴 설명을 처음부터 끝까지 상세하게 말로 전달할 것. 모두가 이미 얼굴을 서로 알 정도의 단골이 아니면, 재방문 손님이라고 하더라도 요약해서 다시 메뉴를 소개할 것. 주문을 받을 시에는 뒤에 기다리는 손님이 몇 팀이 있다고 하더라도, 선호하는 커피의 농도를 물어보고, 라떼 주문 시에는 달게 드시고 싶으신지 그렇다면 어느 정도의 당도를 좋아하시는지 꼭 말로 물어볼 것. 크림커피와 진저브레드를 동시에 주문한 손님이 있다면, 둘 다 크림이 얹어지는데 그래도 괜찮으시냐 확인할 것.

이렇게 나열하고 나면, 당연히 그래야 하는 것들처럼 느껴지지만, 대부분의 다른 카페에서는 쉽게 들어보지 못한 것들이다. 심지어 나는 한동안 이 중에 몇 가지를 의도적으로 빠트린 적도 있는데, 뒤에서 커피를 내리고 있는 엄마는 항상 귀신같이 알고 다가와 덧붙여 설명한다. 그리고 이러한 집착에 가까운 환대는 만족스러운 경험을 한 손님들의 후기로 이어진다.

진저보이 해미를 네이버에서 검색하면 무려 1,400개가 넘는 방문자 리뷰가 달려있다. 평소에 다양한 공간들을 찾아보고 방문하는 나로서는, 아무리 지방 관광지에 있는 카페라고 할지라도 엄청난 개수의 리뷰라는 것을 안다. 심지어 1,400개의 리뷰를 차근차근 하나씩 읽어보면 부정적인 내용을 찾아보기 힘들다. 더 신기한 것은 카페의 주인과 직원이 얼마나 친절했는지에 대한 이야기가 전체 리뷰의 반을 넘는다.

보통 리뷰는 무언가 문제가 있거나 불쾌한 경험을 했을 때 다른 사람들에게도 경고할 겸 다는 경우가 많다는 통계를 본 적 있다. 어떠한 경험이 좋아서, 심지어 친절해서 영수증을 인증하고 댓글을 다는 행위가 생각보다 얼마나 장벽이 높은 행동인지는 나 스스로 너무 잘 안다. 로그인해서 글까지 쓰는 게 생각보다 꽤 귀찮으니까.

엄마가 부탁한 휴무 공지를 하면서 나도 오랜만에 최근에 달린 리뷰들을 하나하나 읽어 봤다. 근데 이 정도면 인제 그만 걱정해도 되지 않을까.

2023년 10월 10일 화요일, 아들

작년과 마찬가지로 올해도 어김없이 엄마가 내게 물어봤다. 운영한 지 3년이 지났는데, 메뉴에 무언가를 더 추가하거나 업데이트하지 않아도 되느냐고. 겨울에는

분명 매출이 줄 텐데 무언가 새로움을 줘야 하지 않겠
냐고. 엄마는 처음 맞이한 겨울 동안 특별히 선보였던
팥죽이 내심 계속 아쉬웠던 눈치다.

나는 카페를 준비할 때부터 줄곧 10개 미만의 메뉴를
주장했다. 사실 내가 즐기는 카페들이 대부분 선택과
집중을 중요시했기 때문에 그런 것도 있었지만, 커피나
카페 일을 해본 적도 없는 엄마가 관리하기에 제공하는
음료의 가짓수가 정말 중요하다고 생각했다. 각 음료
나 디저트 별로 들어가는 재료들의 비용이나 재고 관리
도 커다란 일이지만, 한정적인 인원으로 운영되고 한정
적인 자원으로 홍보될 수밖에 없는 지방의 개인 카페에
서, 다양한 메뉴가 전부 소진될 수 있게 손님들에게 알
리고 각각의 퀄리티를 유지하는 것은 굉장히 힘에 부치
는 일이기 때문이다.

가짓수가 적다는 것은 그만큼 각 메뉴에 들어가는 재
료들의 퀄리티를 보장할 수 있다는 말이기도 하다. 물
가가 아무리 올라도 내가 골라준 원두를 타협하지 않고

유지하고, 최상의 우유, 크림, 오렌지들을 주문하는 엄마를 보면서 내 선택이 틀리지 않았다는 걸 알았다. 덕분에 진저보이의 몇 가지 안 되는 메뉴들은 각각 어느 하나도 이제는 빠질 수 없을 만큼의 수요가 생겼다. 손님이 몰릴 때마다 음료 메뉴가 더 다양했으면 힘들었을 것 같다는 엄마의 말은, 가끔 녹음해서 메뉴 추가 얘기가 나올 때마다 들려줘야 하나 싶기도 하다.

내가 진저보이를 만들면서 그렇게 고집을 부렸던 것이 몇 가지 더 있다. 당시 나를 도와 조언을 아끼지 않았던 커피 유튜버 친구가 제안했던 것은, 넓은 커피 바였다. 공간의 레이아웃과 동선을 짜면서 제일 중요하게 생각했던 것은 다름이 아닌 커피와 음료를 제조하는 사람들의 여유로운 공간이었다. 처음 엄마는 커피 바가 이렇게까지 클 필요가 있느냐고, 차라리 좀 줄이고 손님들이 앉을 수 있는 테이블을 더 놓는 게 낫지 않겠느냐고 여러 번 나를 설득하려 했지만 나는 고집을 부렸다. 진저보이는 혼자서는 감당 못 할 트래픽이 분명 발생할 거고, 두 명 혹은 세 명의 스태프가 주문을 받고, 음료를 제조하고, 뒷정리 및 재정비까지 물 흐르듯 하려면 충분한 공간이 확보되어야 하고, 이는 장기적으로 일하는 사람들의 스트레스 레벨과 연관될 거라고. 지금 엄마에게 물어보면 더 크면 컸지 이보다 작으면 안 될 거 같다고 한다.

공간을 만들고 운영하기 전 제일 중요한 것은 머릿속으로 끊임없이 시나리오들을 만들어 최상의 경험을 설계하는 것이라고 믿는다. 그리고 그 최상의 경험을 설계하는 일은 방문해 잠깐의 시간을 보내는 손님들 보다, 어쩌면 그 공간을 매일 운영해 나가는 사람들에게 더 중요할 수도 있다 생각한다.

2023년 11월 9일 목요일, 아들

어제는 코엑스에서 열린 서울카페 쇼에 다녀왔다. 입

장할 때 목에 건 인포메이션 카드에는 진저보이 해미 소속이라고 적었다. 신기한 점은, 그렇게 목에 걸려있는 카드를 보고 진저보이 해미라는 지방의 작은 카페를 알아보는 분이 계신다는 거다.

올해로 22회를 맞이하는 서울카페 쇼는 아시아는 물론이고 전 세계에서도 손꼽히는 커피 및 카페 산업 박람회다. 전국에 10만 개, 서울에서만 매년 5천여 개의 카페가 새로 생겨나고, 또 그만큼의 카페가 문을 닫는다. 통계를 보면 우리나라 성인 1인당 커피 소비량이 프랑스에 이은 세계 2위라고 하고, 전체 커피 시장 규모도 미국과 중국에 이어 세계 3위라고 한다. 참고로 대한민국의 인구 순위는 세계에서 28위, GDP 순위는 13위 정도다.

가끔 외국에서 친구가 와서 한국에는 도대체 왜 이렇게 많은 카페가 있고, 심지어 어떻게 하나같이 다 수준이 높은지 물어보기도 하는데, 내가 고민해서 들려준 답은 생각보다 간단했다. 커피를 들이부으면서까지 밤낮을 가리지 않고 일을 해야 했던 시기가 있었던 나라

라고. 그리고 우리나라는 새로운 것에 대한 수용력이 좋으며, 경쟁하기에 최적화된 시장이라고.

서울에는 세계 곳곳에서 모인 커피 브랜드들로 가득하다. 이미 전 세계 어떠한 도시를 둘러봐도 서울만큼 다양한 국적의 커피 및 카페 브랜드를 볼 수 있는 곳이 없는데, 내년에는 더 많은 외국 커피 브랜드가 한국에 들어온다는 소식이 있다. 우리나라 사람들은 새로운 것을 거부감 없이 즐기고, 심지어 잘 자리 잡은 외국의 브랜드라면 선망하기도 하고, 남들보다 먼저 경험해 보고 싶어 하는 성향이 강하다. 그리고 이러한 시장이 형성될 수 있는 최적의 조건을 가지고 있다.

내가 20대를 보냈던 미국 뉴욕은, 새로운 카페가 오픈하기까지 정말 오랜 시간이 걸리고 그만큼 돈도 많이 든다. 적절한 자리를 찾는 일도, 콘셉트를 잡고 인테리어 디자인을 하는 일도, 디자인에 맞춰 일꾼들을 구하고 물자를 수급해 공사하는 일도, 공사가 다 끝났다고 할지라도 필요한 수많은 허가를 기다리는 시간은 새로운 일을 준비하는 설렘을 무기력하게 만들 만큼 쉽지 않다.

하지만 한국은 적당한 장소를 찾아 계약하고 나면, 손님을 받기까지 몇 달이 채 걸리지 않는다. 단순히 준비하는데 소비되는 시간의 차이만이 아니라 수입이 없는 시기를 최소화할 수 있다. 그만큼 다른 나라에 비해 절약되는 시간과 돈은 더 눈에 띄고 관심받기 위한 노력에 투자될 수 있다. 만약 사업이 순조롭게 진행되지 않더라도, 재도전이 어렵지 않기 때문에 그 일련의 과정을 통해 얻은 인사이트들이 전반적인 시장의 퀄리티를 높인다.

진입장벽이 낮다는 말은 사실 소비자 관점에서 마냥 좋은 건 아니다. 전문 바리스타가 아니더라도, 엄청난 기획과 준비를 단단히 하지 않더라도 카페는 열 수 있다. 그렇기에 십수 년 전 은퇴 후 퇴직금으로 치킨집을 개업하는 트렌드가 이제는 카페로 이어지고 있다. 따지고 보면 엄마의 시작도 크게 다르지 않았고. 하지만 시장의 성장과 함께 경험이 쌓인 소비자들은 생각보다 호락호락하지 않다. 어제까지 자리를 차지하고 있던 카페가 내일도 그 자리를 지키고 있지 않을 수 있다는 것을 우리는 이제 너무 잘 안다.

이렇게 생각하면, 새삼 엄마의 카페 진저보이가 대단하기도 하다. 한 카페가 꾸준히 사랑받는다는 것은 어느 면에서나 당연한 일이 아니다. 가끔 엄마는 내게 말한다. 네가 카페를 잘 만들어줘서, 이름도 잘 짓고, 가구나 소품도 잘 골라주고, 메뉴도 단순하게 구성해 줘서 이렇게 시간이 지나도 탈 없이 잘 되는 것 같다고.

하지만 카페는, 공간을 매개로 비즈니스를 운영한다는 것은 결국 경험이다. 아무리 그럴듯하게 만들어도 한 명의 손님이 방문해서 어떠한 경험을 하느냐에 따라 그 공간의 평판이, 나아가서 성공과 실패가 결정되는 것 같다. 백 개의 좋은 리뷰보다 한 개의 나쁜 경험이 방문을 머뭇거리게 한다. 지금의 진저보이는 그런 작은 경험의 차이를 매일 만들어내는 엄마 덕분이라고 생각한다.

2023년 12월 13일 수요일, 아들

어느새 올해가 2주밖에 남지 않았다. 크리스마스가 다가오고 날씨가 추워진다는 것은 카페 전체 좌석 수의 절반인 외부 테이블들을 운영하지 못한다는 거고, 실내에 오래 앉아 있는 손님들이 늘어 회전율이 낮아진다는 것을 뜻한다. 네 번째 겨울을 맞이하는 엄마는, 분명 가을보다 매출이 떨어지면 처음 일어난 일처럼 걱정을 하겠지. 그러면서도 꽃이 피는 봄이 다시 돌아오기까지 엄마가 얼마나 카페를 구석구석을 쓸고 닦을지 나는 안다.

내가 만들고 엄마가 하루도 쉬지 않고 지키는 진저보이. 충청남도 서산 해미읍성 앞에 위치한 이곳은 스페셜티 커피와 생강으로 만든 디저트를 내어주는 카페다. 투박한 한옥을 고치고 꾸며, 편안하고 친근하다.